Patrick Modiano

Du plus loin
de l'oubli

Gallimard

Pour Peter Handke

Du plus loin de l'oubli...
Stefan George

Elle était de taille moyenne, et lui, Gérard Van Bever, légèrement plus petit. Le soir de notre première rencontre, cet hiver d'il y a trente ans, je les avais accompagnés jusqu'à un hôtel du quai de la Tournelle et je m'étais retrouvé dans leur chambre. Deux lits, l'un près de la porte, l'autre au bas de la fenêtre. Celle-ci ne donnait pas sur le quai et il me semble qu'elle était mansardée.

Je n'avais remarqué aucun désordre dans la chambre. Les lits étaient faits. Pas de valises. Pas de vêtements. Rien qu'un gros réveil, sur l'une des tables de nuit. Et, malgré ce réveil, on aurait dit qu'ils habitaient ici de manière clandestine en évitant de laisser des traces de leur présence. D'ailleurs, ce premier soir, nous n'étions restés qu'un bref moment dans la chambre, juste le temps d'y déposer des ouvrages d'art que j'étais fatigué de porter et que je n'avais pas réussi à vendre chez un libraire de la place Saint-Michel.

Et c'était justement place Saint-Michel qu'ils m'avaient abordé en fin d'après-midi, au milieu du flot des gens qui s'engouffraient dans la bouche du métro et de ceux qui, en sens inverse, remontaient le boulevard. Ils m'avaient demandé où ils pourraient trouver une poste dans les environs. J'avais eu peur que mes explications ne fussent trop vagues car je n'ai jamais su indiquer le plus court trajet d'un point à un autre. Alors j'avais préféré les guider moi-même jusqu'à la poste de l'Odéon. Sur le chemin, elle s'était arrêtée dans un café-tabac et elle avait acheté trois timbres. Elle les avait collés sur l'enveloppe, de sorte que j'avais eu le temps d'y lire : Majorque.

Elle avait glissé la lettre dans l'une des boîtes sans vérifier si c'était bien celle où il était écrit : Étranger — Par avion. Nous avions fait demi-tour vers la place Saint-Michel et les quais. Elle s'était inquiétée de me voir porter les livres, parce qu'« ils devaient être lourds ». Puis elle avait dit d'une voix sèche à Gérard Van Bever :

— Tu pourrais l'aider.

Il m'avait souri et il avait pris l'un des livres — le plus grand — sous son bras.

Dans leur chambre, quai de la Tournelle, j'avais posé les livres au pied de la table de nuit, celle où était le réveil. Je n'entendais pas son tic-tac. Les aiguilles marquaient trois heures. Une tache sur l'oreiller. En me penchant pour poser les livres, j'avais senti une odeur d'éther qui flottait sur cet oreiller et sur ce lit. Son bras m'avait frôlé et elle avait allumé la lampe de la table de nuit.

Nous avions dîné dans un café, sur le quai, à côté de leur hôtel. Nous n'avions commandé que le plat principal du menu. C'était Van Bever qui avait réglé l'addition. Je n'avais pas d'argent, ce soir-là, et Van Bever croyait qu'il lui manquait cinq francs. Il avait fouillé dans les poches de son manteau et de sa veste et il avait fini par rassembler cette somme en menue monnaie. Elle le laissait faire et le fixait d'un regard distrait en fumant une cigarette. Elle nous avait donné son plat à partager et s'était contentée de prendre quelques bouchées dans l'assiette de Van Bever. Elle s'était tournée vers moi et m'avait dit de sa voix un peu enrouée :

— La prochaine fois, nous irons dans un vrai restaurant...

Plus tard, nous étions restés tous les deux devant la porte de l'hôtel pendant que Van Bever allait chercher mes livres dans la chambre. J'avais rompu le silence en lui demandant s'ils habitaient ici depuis longtemps et s'ils venaient de province ou de l'étranger. Non, ils étaient originaires des environs de Paris. Ils habitaient ici depuis deux mois, déjà. Voilà tout ce qu'elle m'avait dit, ce soir-là. Et son prénom : Jacqueline.

Van Bever nous avait rejoints et m'avait rendu

mes livres. Il voulait savoir si j'essayerais encore de les vendre le lendemain, et si ce genre de commerce était lucratif. Ils m'avaient dit que nous pouvions nous revoir. C'était difficile de me fixer rendez-vous à une heure précise, mais ils étaient souvent dans un café, au coin de la rue Dante.

J'y retourne quelquefois dans mes rêves. L'autre nuit, un soleil couchant de février m'éblouissait, le long de la rue Dante. Elle n'avait pas changé depuis tout ce temps.

Je me suis arrêté devant la terrasse vitrée, et j'ai regardé le zinc, le billard électrique et les quelques tables disposées comme au bord d'une piste de danse.

Quand je suis arrivé au milieu de la rue, le grand immeuble, en face, boulevard Saint-Germain, y projetait son ombre. Mais derrière moi, le trottoir était encore ensoleillé.

Au réveil, la période de ma vie où j'avais connu Jacqueline m'est apparue sous le même contraste d'ombre et de lumière. Des rues blafardes, hivernales et aussi le soleil qui filtre à travers les fentes des persiennes.

Gérard Van Bever portait un manteau en tissu à chevrons, trop grand pour lui. Je le revois debout, dans le café de la rue Dante, devant le billard électrique. Mais c'est Jacqueline qui joue. Ses bras et son buste bougent à peine, tandis que se succèdent les crépitements et les signaux lumineux du flipper. Le manteau de Van Bever était large et descendait plus bas que ses genoux. Il se tenait très droit, le col rabattu, les mains dans les poches. Jacqueline était vêtue d'un col roulé gris à torsades et d'une veste en cuir souple couleur marron.

La première fois que je les ai retrouvés, rue Dante, Jacqueline s'est tournée vers moi, elle m'a souri et elle a poursuivi sa partie de flipper. Je me suis assis à une table. Ses bras et son buste me paraissaient graciles face à l'appareil massif dont les secousses pouvaient, d'un instant à l'autre, la rejeter en arrière. Elle s'efforçait de rester debout, comme quelqu'un qui risque de basculer par-dessus bord. Elle est venue me rejoindre à la table et Van Bever a pris place devant le billard. Au début, j'étais étonné qu'ils jouent si longtemps à ce jeu. C'était souvent moi qui interrompais leur partie, sinon elle aurait continué indéfiniment.

L'après-midi, il n'y avait presque personne dans ce café, mais à partir de six heures du soir, les clients se serraient autour du zinc et des quelques tables de la salle. Je ne distinguais pas tout de suite, au milieu du brouhaha des conversations, des crépitements du billard électrique et de ces gens pressés les uns contre les autres, Van Bever et Jacqueline. D'abord, je repérais le manteau à chevrons de Van Bever, puis Jacqueline. J'étais venu à plusieurs reprises sans les trouver, et chaque fois j'avais attendu longtemps, assis à une table. Je pensais que je n'aurais plus jamais l'occasion de les rencontrer et qu'ils s'étaient perdus dans la foule et le vacarme. Et un jour, au début de l'après-midi, au fond de la salle déserte, ils étaient là, l'un à côté de l'autre, devant le billard.

Je me souviens à peine des autres détails de cette période de ma vie. J'ai presque oublié les visages de mes parents. J'avais habité quelque temps encore dans leur appartement, puis abandonné mes études et je gagnais de l'argent en vendant des livres anciens.

C'est peu après avoir connu Jacqueline et Van Bever que j'ai logé dans un hôtel voisin du leur, l'hôtel de Lima. Je m'étais vieilli d'un an en modifiant la date de naissance inscrite sur mon passeport, de sorte que j'avais l'âge de la majorité.

La semaine qui avait précédé mon arrivée à l'hôtel de Lima, comme je ne savais pas où dormir, ils m'avaient confié la clé de leur chambre, et ils étaient partis pour l'un de ces casinos de province qu'ils avaient l'habitude de fréquenter.

Avant notre rencontre, ils avaient commencé par le casino d'Enghien et deux ou trois autres casinos de petites stations balnéaires normandes. Et puis, ils s'étaient fixés sur Dieppe, Forges-les-Eaux et Bagnoles-de-l'Orne. Ils partaient le samedi et revenaient le lundi avec une somme qu'ils avaient gagnée et qui ne dépassait jamais mille francs. Van Bever avait trouvé une martingale « autour du cinq neutre » — comme il disait, mais elle ne pouvait être fructueuse que si l'on jouait de modestes sommes à la boule.

Je ne les ai jamais accompagnés dans ces endroits. Je les attendais jusqu'au lundi, sans quitter le quartier. Puis, au bout d'un certain temps, Van Bever allait à « Forges » — selon son expression — car c'était moins loin que Bagnoles-de-l'Orne, et Jacqueline restait à Paris.

Au cours des nuits que j'avais passées seul dans leur chambre, il y flottait toujours cette odeur d'éther. Le flacon bleu était rangé sur l'étagère du lavabo. Le placard contenait des vêtements : une veste d'homme, un pantalon, un soutien-gorge et l'un de ces pull-overs gris à col roulé que portait Jacqueline.

J'avais mal dormi ces nuits-là. Je me réveillais et je ne savais plus où j'étais. Il me fallait un long moment avant de reconnaître la chambre. Si l'on m'avait posé des questions sur Van Bever et Jacqueline, j'aurais été très embarrassé pour répondre et pour justifier ma présence ici. Est-ce qu'ils reviendraient ? Je finissais par en douter. L'homme qui se tenait à l'entrée de l'hôtel, derrière un comptoir de bois sombre, ne s'inquiétait pas que je monte dans la chambre et que je garde la clé sur moi. Il me saluait d'un mouvement de tête.

La dernière nuit, je m'étais réveillé vers cinq heures et je ne pouvais pas me rendormir. J'occupais sans doute le lit de Jacqueline, et le tic-tac du réveil était si fort que j'avais voulu ranger celui-ci dans le placard ou le cacher sous un oreiller. Mais j'avais peur du silence. Alors je m'étais levé et j'étais sorti de l'hôtel. J'avais marché sur le quai jusqu'aux grilles du Jardin des Plantes, puis j'étais entré dans le seul café déjà ouvert, en face de la gare d'Austerlitz.

La semaine précédente, ils étaient partis jouer au casino de Dieppe et ils étaient revenus très tôt le matin. Ce serait la même chose aujourd'hui. Encore une heure, deux heures à attendre… Les banlieusards sortaient de la gare d'Austerlitz de plus en plus nombreux, prenaient un café au zinc et s'engouffraient dans la bouche du métro. Il faisait encore nuit. Je longeais de nouveau les grilles du Jardin des Plantes puis celles de l'ancienne Halle aux vins.

De loin, j'ai repéré leurs silhouettes. Le manteau à chevrons de Van Bever faisait une tache claire dans la nuit. Ils étaient tous les deux assis sur un banc, de l'autre côté du quai, en face des boîtes fermées des bouquinistes. Ils venaient d'arriver de Dieppe. Ils avaient frappé à la porte de la chambre, mais personne ne répondait. Et tout à l'heure, j'étais sorti en gardant la clé dans ma poche.

Ma fenêtre, à l'hôtel de Lima, donnait sur le boulevard Saint-Germain et le haut de la rue des Bernardins. Quand j'étais allongé sur le lit, je voyais se découper dans le cadre de cette fenêtre le clocher d'une église dont j'ai oublié le nom. Et les heures sonnaient pendant la nuit, après que le bruit de la circulation se fut éteint. Jacqueline et Van Bever me raccompagnaient souvent. Nous étions allés dîner dans un restaurant chinois. Nous avions assisté à une séance de cinéma.

Ces soirs-là, rien ne nous distinguait des étudiants que nous croisions boulevard Saint-Michel. Le manteau un peu usé de Van Bever et la veste de cuir de Jacqueline se fondaient dans le décor morne du quartier Latin. Moi, je portais un vieil imperméable dont le beige s'était sali et j'avais des livres à la main. Non, vraiment, je ne sais pas ce qui aurait pu attirer l'attention sur nous.

J'avais écrit sur la fiche de l'hôtel de Lima que j'étais « étudiant en lettres supérieures », mais c'était une pure formalité, car l'homme qui se tenait à la réception ne m'avait jamais demandé le moindre renseignement. Il lui suffisait que je paye la chambre chaque semaine. Un jour que je sortais avec un sac de livres pour essayer de les vendre chez un libraire de ma connaissance, il m'avait dit :

— Alors, ça va, les études ?

J'avais d'abord cru discerner une certaine ironie dans sa voix. Mais il était tout à fait sérieux.

L'hôtel de la Tournelle offrait la même tranquillité que celui de Lima. Van Bever et Jacqueline en étaient les seuls clients. Ils m'avaient expliqué que l'hôtel fermerait bientôt et qu'il serait transformé en appartements. D'ailleurs, pendant la journée, on entendait des coups de marteau dans les chambres voisines.

Est-ce qu'ils avaient rempli une fiche et quelle était leur profession ? Van Bever m'a répondu que, sur ses papiers, il était mentionné : « Colporteur », mais je ne savais pas s'il plaisantait. Jacqueline a haussé les épaules. Elle était sans profession. Colporteur : moi aussi, après tout, j'aurais pu revendiquer ce titre, puisque je passais mon temps à transporter des livres d'une librairie à l'autre.

Il faisait froid. La neige fondue sur le trottoir et sur les quais, les teintes noires et grises de l'hiver me reviennent en mémoire. Et Jacqueline sortait toujours dans sa veste de cuir trop légère pour la saison.

La première fois que Van Bever est parti seul pour Forges-les-Eaux et que Jacqueline est restée à Paris, c'était justement l'une de ces journées d'hiver. Nous avons traversé la Seine pour accompagner Van Bever jusqu'à la station de métro Pont-Marie, car il devait prendre le train à Saint-Lazare. Il nous a dit que, peut-être, il irait aussi au casino de Dieppe et qu'il voulait gagner plus d'argent que d'habitude. Son manteau à chevrons a disparu dans la bouche du métro et nous nous sommes retrouvés tous les deux, Jacqueline et moi.

Je l'avais toujours vue en compagnie de Van Bever, sans que l'occasion se présente de lui parler vraiment. D'ailleurs, il lui arrivait de ne pas prononcer un mot pendant toute une soirée. Ou bien, quelquefois, elle demandait d'un ton sec à Van Bever d'aller lui chercher des cigarettes, comme si elle voulait se débarrasser de lui. Et de moi aussi. Mais, peu à peu, je m'étais habitué à ses silences et à sa brusquerie.

Ce jour-là, au moment où Van Bever descendait les marches du métro, j'ai pensé qu'elle regrettait de n'être pas partie comme d'habitude avec lui. Nous suivions le quai de l'Hôtel-de-Ville au lieu de rejoindre la rive gauche. Elle ne parlait pas. Je m'attendais à ce qu'elle prenne congé de moi d'un instant à l'autre. Mais non. Elle continuait de marcher à mes côtés.

Une brume flottait sur la Seine et les quais. Jacqueline devait être glacée dans cette veste de cuir trop légère. Nous longions le square de l'Archevêché, au bout de l'île de la Cité, et elle a été prise d'une quinte de toux. Elle a fini par retrouver son souffle. Je lui ai dit qu'il fallait qu'elle boive quelque chose de chaud et nous sommes entrés dans le café de la rue Dante.

Il y régnait l'habituel brouhaha de la fin de l'après-midi. Deux silhouettes se tenaient devant le billard électrique, mais Jacqueline n'avait pas envie de jouer. J'ai commandé pour elle un grog qu'elle a bu en faisant une grimace, comme si elle avalait du poison. Je lui ai dit : «Vous ne devriez pas sortir avec cette veste.» Depuis que nous nous connaissions, je ne parvenais pas à la tutoyer car elle mettait une sorte de distance entre elle et moi.

Nous étions assis à une table du fond, tout

près du flipper. Elle s'est penchée vers moi, et elle m'a dit que si elle n'avait pas accompagné Van Bever, c'est qu'elle ne se sentait pas en très bonne forme. Elle parlait assez bas et j'ai rapproché mon visage du sien. Nos fronts se touchaient presque. Elle m'a fait une confidence : Une fois que l'hiver serait fini, elle espérait quitter Paris. Pour aller où ?

— À Majorque…

Je me suis souvenu de la lettre qu'elle avait postée le jour de notre première rencontre et sur l'enveloppe de laquelle il était écrit : Majorque.

— Mais ce serait mieux si nous pouvions partir demain…

Elle était très pâle brusquement. L'un de nos voisins avait posé un coude sur le bord de notre table, comme s'il ne nous voyait pas, et poursuivait une conversation avec son vis-à-vis. Jacqueline s'était réfugiée au bout de la banquette. Les crépitements du flipper m'oppressaient.

Moi aussi, je rêvais de partir quand la neige avait fondu sur les trottoirs et que je portais mes vieux mocassins.

— Pourquoi attendre la fin de l'hiver ? lui ai-je demandé.

Elle m'a souri.

— Il faudrait d'abord que nous ayons des économies.

Elle a allumé une cigarette. Elle a toussé. Elle

fumait trop. Et toujours les mêmes cigarettes à l'odeur un peu fade de tabac blond français.

— Ce n'est pas en vendant vos livres que nous pourrons avoir des économies.

J'étais heureux qu'elle ait dit : nous, comme si désormais, elle et moi, nous étions liés pour l'avenir.

— Gérard va certainement ramener beaucoup d'argent de Forges-les-Eaux et de Dieppe, lui ai-je dit.

Elle a haussé les épaules.

— Ça fait six mois que nous jouons sur sa martingale mais ça ne nous rapporte pas beaucoup.

Cette martingale « autour du cinq neutre » ne paraissait pas la convaincre.

— Vous connaissez Gérard depuis longtemps ?

— Oui… Nous nous sommes connus à Athis-Mons, dans la banlieue de Paris…

Elle me regardait droit dans les yeux, en silence. Elle voulait sans doute me faire comprendre qu'il n'y avait rien à dire de plus sur ce sujet.

— Alors, vous êtes d'Athis-Mons ?

— Oui.

Je me souvenais bien du nom de cette ville, proche d'Ablon, où habitait l'un de mes amis. Il empruntait la voiture de ses parents et, le soir, il m'emmenait à Orly. Nous fréquentions le cinéma et l'un des bars de l'aéroport. Nous restions très tard à écouter les annonces des arrivées et des départs d'avions pour leurs destinations lointaines et nous déambulions dans le grand hall. Quand il me raccompagnait à Paris, nous ne prenions pas l'autoroute mais nous faisions un détour par Villeneuve-le-Roi, Athis-Mons, d'autres petites villes de la banlieue sud... À cette époque, j'aurais pu croiser Jacqueline.

— Vous avez beaucoup voyagé ?

C'était l'une de ces questions qui servent à ranimer une conversation banale, et je l'avais formulée d'un ton faussement indifférent.

— Pas vraiment voyagé, m'a-t-elle dit. Mais maintenant, si nous arrivons à avoir un peu d'argent...

Elle parlait encore plus bas, comme si elle voulait me confier un secret. Et c'était difficile de l'entendre, à cause de tout ce vacarme autour de nous. Je me penchais vers elle, de nouveau nos fronts se touchaient presque.

— Gérard et moi, nous avons connu un Américain qui écrit des romans... Il vit à Majorque... Il nous trouvera une maison là-bas... C'est un type que nous avons rencontré dans la librairie anglaise, sur le quai.

J'y allais souvent. Cette librairie se composait d'un dédale de petites pièces tapissées de volumes où l'on pouvait s'isoler. Les clients venaient de loin et y faisaient escale. Elle restait ouverte très tard. J'y avais acheté quelques romans de la collection Tauchnitz que j'avais essayé de revendre. Des rayonnages en plein air avec des sièges et même un canapé. On aurait dit une terrasse de café. De là, on voyait Notre-Dame. Et pourtant, à peine passé le seuil, on se serait cru à Amsterdam ou à San Francisco.

Ainsi, la lettre qu'elle avait postée à l'Odéon était adressée à cet «Américain qui écrivait des romans...». Quel était son nom? J'avais peut-être lu un de ses livres...

— William Mc Givern...

Non, je ne connaissais pas ce Mc Givern. Elle a allumé une nouvelle cigarette. Elle a toussé. Elle était toujours aussi pâle.

— J'ai dû attraper la grippe, a-t-elle dit.

— Vous devriez prendre un autre grog.

— Non merci.

Elle avait un air soucieux, brusquement.

— J'espère que ça va bien marcher pour Gérard...

— Moi aussi...

— Je suis toujours inquiète quand Gérard n'est pas là...

Elle avait prononcé «Gérard», en s'attardant sur les syllabes, d'une manière très tendre. Bien sûr, elle était quelquefois brusque avec lui, mais elle le prenait par le bras dans la rue, ou elle posait sa tête sur son épaule, quand nous étions assis à l'une des tables du café Dante. Un après-midi que j'avais frappé à la porte de leur chambre, elle m'avait dit d'entrer et ils étaient tous les deux allongés dans l'un des lits étroits, celui qui se trouvait près de la fenêtre.

— Je ne peux pas me passer de Gérard...

Cette phrase lui avait échappé, comme si elle se parlait à elle-même et qu'elle avait oublié ma présence. J'étais de trop, brusquement. Il valait peut-être mieux la laisser seule. Et à l'instant où je cherchais un prétexte pour prendre congé, elle a posé son regard sur moi, un regard d'abord absent. Puis elle a fini par me voir.

C'est moi qui ai rompu le silence :

— Et votre grippe, ça va mieux ?

— Il faudrait que je trouve de l'aspirine. Vous connaissez une pharmacie dans les environs ?

En somme, mon rôle, jusqu'à présent, consistait à leur indiquer les postes et les pharmacies les plus proches.

Il y en avait une, près de mon hôtel, boulevard Saint-Germain. Elle n'a pas acheté seulement de l'aspirine, mais aussi un flacon d'éther. Nous avons marché encore quelques instants ensemble jusqu'au coin de la rue des Bernardins. Elle s'est arrêtée devant l'entrée de mon hôtel.

— On se retrouve pour dîner, si vous voulez.

Elle m'a serré la main. Elle m'a souri. J'ai dû me retenir pour ne pas lui demander de rester avec elle.

— Venez me chercher vers sept heures, m'a-t-elle dit.

Elle a tourné le coin de la rue. Je n'ai pu m'empêcher de la regarder s'éloigner vers le quai, dans sa veste de cuir si peu faite pour l'hiver. Elle avait enfoncé les mains dans ses poches.

Je suis resté tout l'après-midi dans ma chambre. Il n'y avait plus de chauffage et je m'étais allongé sur le lit sans enlever mon manteau. De temps en temps, je tombais dans un demi-sommeil ou bien je fixais un point du plafond en pensant à Jacqueline et à Gérard Van Bever.

Était-elle retournée à son hôtel ? Ou bien avait-elle un rendez-vous, quelque part dans Paris ? Je me suis souvenu d'un soir où elle nous avait laissés seuls, Van Bever et moi. Nous étions allés voir un film tous les deux, à la dernière séance, et Van Bever me paraissait soucieux. S'il m'avait entraîné au cinéma c'était simplement pour que le temps passe plus vite. Vers une heure du matin, nous avions retrouvé Jacqueline dans un café de la rue Cujas. Elle ne nous avait pas dit à quoi elle avait occupé sa soirée. D'ailleurs, Van Bever ne lui avait posé aucune question, comme si ma présence les empêchait de parler en toute liberté. Cette nuit-là, j'étais de trop. Ils m'avaient raccompagné jusqu'à l'hôtel de Lima. Ils gardaient le silence. C'était un

29

vendredi, la veille du jour où ils partaient, selon leur habitude, pour Dieppe ou Forges-les-Eaux. Je leur avais demandé à quelle heure ils prendraient le train.

— Demain, nous restons à Paris, avait dit Van Bever d'une voix sèche.

Ils m'avaient laissé devant l'entrée de l'hôtel. Van Bever m'avait dit : «À demain» sans me serrer la main. Jacqueline, elle, m'avait souri, d'un sourire un peu contraint. On aurait cru qu'elle éprouvait de l'appréhension à rester seule avec Van Bever et qu'elle aurait préféré la présence d'un tiers. Et pourtant, quand je les avais vus s'éloigner, Van Bever avait pris le bras de Jacqueline. Que se disaient-ils ? Jacqueline se justifiait-elle pour quelque chose ? Van Bever lui faisait-il des reproches ? Ou bien était-ce moi qui me faisais des idées ?

La nuit était tombée depuis longtemps à ma sortie de l'hôtel. Par la rue des Bernardins j'ai rejoint le quai. J'ai frappé à sa porte. Elle est venue m'ouvrir. Elle portait l'un de ses pull-overs gris à torsades et à col roulé et son pantalon noir serré aux chevilles. Elle était pieds nus. Le lit, près de la fenêtre, était défait et les rideaux tirés. On avait ôté l'abat-jour de la lampe de chevet mais l'ampoule minuscule laissait des zones d'ombre. Et toujours cette odeur d'éther, encore plus forte que d'habitude.

Elle s'est assise au bord du lit, et moi sur l'unique chaise qui se trouvait contre le mur, près du lavabo.

Je lui ai demandé si elle se sentait mieux.

— Un tout petit peu mieux...

Elle a surpris mon regard qui s'était posé sur le flacon d'éther débouché, au milieu de la table de nuit. Elle avait bien dû penser que je sentais l'odeur.

— Je prends ça pour m'empêcher de tousser...

Et sur le ton de quelqu'un qui cherche à se justifier, elle a répété :

— C'est vrai... c'est très bon contre la toux.

Et comme elle se rendait compte que j'étais prêt à la croire, elle m'a dit :

— Vous n'avez jamais essayé ?

— Non.

Elle m'a tendu un tampon de coton après l'avoir imbibé d'éther. J'ai hésité quelques secondes avant de le prendre, mais si cela pouvait créer un lien entre nous... j'ai aspiré le coton puis le flacon d'éther. Et elle aussi à son tour. Une fraîcheur m'a envahi les poumons. J'étais allongé à côté d'elle. Nous étions serrés l'un contre l'autre et nous tombions dans le vide. La sensation de fraîcheur était de plus en plus forte et le tic-tac du réveil se détachait, de plus en plus net, dans le silence, au point que je pouvais entendre son écho.

Nous sommes sortis de l'hôtel vers six heures du matin et nous avons marché jusqu'au café de la rue Cujas qui restait ouvert toute la nuit. C'était là qu'ils m'avaient donné rendez-vous, la semaine précédente, à leur retour de Forges-les-Eaux. Ils étaient arrivés vers sept heures et nous avions pris ensemble un petit déjeuner. Pourtant ils n'avaient pas le visage de ceux qui viennent de passer une nuit blanche et ils étaient beaucoup plus animés que d'habitude. Surtout Jacqueline. Ils avaient gagné deux mille francs.

Cette fois-ci, Van Bever ne retournerait pas de Forges par le train, mais dans la voiture de quelqu'un dont ils avaient fait la connaissance au casino de Langrune et qui habitait Paris. En sortant de l'hôtel, Jacqueline m'avait dit qu'il était peut-être déjà rue Cujas.

Je lui ai demandé si elle ne préférait pas aller le retrouver seule et si ma présence était vraiment nécessaire. Mais elle a haussé les épaules et elle m'a dit qu'elle voulait que je l'accompagne.

Il n'y avait personne d'autre que nous dans le café. La lumière des néons m'a ébloui. Dehors, il faisait encore nuit noire et j'avais perdu la notion du temps. Nous étions assis, côte à côte, sur la banquette, près de la baie vitrée, et j'avais la sensation que la nuit commençait.

J'ai vu, à travers la vitre, une voiture noire s'arrêter à la hauteur du café. Van Bever en est sorti, dans son manteau à chevrons. Il s'est penché vers le conducteur avant de claquer la portière. Il nous a cherchés du regard, sans nous trouver. Il croyait que nous étions au fond de la salle. Ses yeux clignaient à cause des néons. Puis il est venu s'asseoir en face de nous.

Il ne paraissait pas surpris de ma présence, ou bien était-il trop fatigué pour se poser des questions? Il a commandé tout de suite un double café et des croissants.

— Finalement je suis allé à Dieppe...

Il avait gardé son manteau et son col relevé. Il courbait le dos et enfonçait la tête dans les épaules, attitude qui lui était familière quand il était assis et qui me faisait penser à celle d'un jockey. Debout, au contraire, il se tenait très droit, comme s'il voulait paraître plus grand.

— J'ai gagné trois mille francs à Dieppe...

Il l'avait dit avec une pointe de défi. Peut-être marquait-il ainsi son mécontentement que je sois en compagnie de Jacqueline. Il lui avait pris la main. Il m'ignorait.

— C'est bien, a dit Jacqueline.

Elle lui caressait la main.

— Vous pourrez prendre un billet d'avion pour Majorque, ai-je dit.

Van Bever m'a jeté un regard étonné.

— Je lui ai parlé de nos projets, a dit Jacqueline.

— Alors, vous êtes au courant? J'espère que vous viendrez avec nous…

Non, en définitive, il n'avait pas l'air fâché de ma présence. Mais il continuait à me vouvoyer. J'avais essayé, à plusieurs reprises, de lui dire tu. Sans succès. Il me répondait toujours par vous.

— Je viendrai si vous voulez bien de moi, leur ai-je dit.

— Mais bien sûr que nous voulons de vous, a dit Jacqueline.

Elle me souriait. Maintenant elle avait posé sa main sur la sienne. Le garçon apportait les cafés et les croissants.

— Je n'ai rien mangé depuis vingt-quatre heures, a dit Van Bever.

Son visage était pâle, sous les néons, ses yeux cernés. Il avalait plusieurs croissants, très vite, à la file.

— Ça va mieux maintenant… Tout à l'heure, dans la voiture, je m'étais endormi…

Jacqueline, elle, semblait en meilleure forme. Elle ne toussait plus. L'effet de l'éther? Je me suis demandé si je n'avais pas rêvé les heures passées avec elle, cette sensation de vide, de fraîcheur et de légèreté, nous deux dans le lit trop étroit, les secousses qui nous prenaient comme un tourbillon, l'écho de sa voix qui résonnait plus fort que le tic-tac du réveil. Elle m'avait tutoyé. Maintenant elle me disait vous. Et Gérard Van Bever était là. Il faudrait attendre de nouveau qu'il aille à Forges-les-Eaux ou à

34

Dieppe, et il n'était même pas sûr qu'elle reste à Paris avec moi.

— Et vous, qu'est-ce que vous avez fait?

Un instant, j'ai eu l'impression qu'il se doutait de quelque chose. Mais il avait posé cette question distraitement, on aurait cru par routine.

— Rien de particulier, a dit Jacqueline. Nous sommes allés au cinéma.

Elle me regardait droit dans les yeux comme si elle voulait me rendre complice de ce mensonge. Elle avait toujours sa main sur la sienne.

— Et vous avez vu quel film?

— *Les Contrebandiers de Moonfleet*, ai-je dit.

— C'était bien?

Il a écarté sa main de celle de Jacqueline.

— C'était très bien.

Il nous a considérés attentivement l'un après l'autre. Jacqueline a soutenu son regard.

— J'aimerais bien que vous me racontiez le film... Mais un autre jour... vous avez le temps...

Il avait pris un ton ironique et je remarquais une légère appréhension sur le visage de Jacqueline. Elle fronçait les sourcils. Elle a fini par lui dire :

— Tu veux rentrer à l'hôtel?

De nouveau, elle lui avait pris la main. Elle oubliait ma présence.

— Pas tout de suite... Je vais boire un autre café...

— Et après on rentre à l'hôtel, lui a-t-elle répété d'une voix tendre.

Je me rendais brusquement compte de l'heure matinale et j'étais dégrisé. Tout ce qui avait fait le charme de cette nuit se dissipait. Rien qu'une fille brune, dans une veste de cuir marron, le teint pâle, assise en face d'un type en manteau à chevrons. Ils se tenaient par la main dans un café du quartier Latin. Ils allaient rentrer ensemble à l'hôtel. Et une nouvelle journée d'hiver commençait, après tant d'autres. Il faudrait encore errer dans la grisaille du boulevard Saint-Michel, parmi tous ces gens qui marchaient vers leurs écoles ou vers leurs facultés. Ils avaient mon âge, mais ils étaient pour moi des étrangers. C'est à peine si je comprenais leur langue. Un jour, j'avais confié à Van Bever que j'aurais aimé changer de quartier car je me sentais mal à l'aise au milieu de tous ces étudiants. Il m'avait dit :

— Ce serait une erreur. Avec eux, on ne se fait pas repérer.

Jacqueline avait détourné la tête, comme si le sujet ne l'intéressait pas et qu'elle craignait que Van Bever me fît des confidences.

— Pourquoi ? lui avais-je demandé. Vous avez peur d'être repéré ?

Il ne m'avait pas répondu. Mais je n'avais pas besoin d'explications. Moi aussi, j'avais toujours peur d'être repéré.

— Alors ? On rentre à l'hôtel ?

36

Elle avait toujours cette voix tendre. Elle lui caressait la main. Je me suis souvenu de ce qu'elle m'avait dit l'après-midi, au café Dante : « Je ne peux pas me passer de Gérard. » Ils allaient entrer dans la chambre. Est-ce qu'ils respireraient de l'éther, comme nous l'avions fait la veille ? Non. Tout à l'heure, quand nous avions quitté l'hôtel, Jacqueline avait sorti de la poche de sa veste le flacon d'éther, et elle l'avait jeté dans une bouche d'égout, un peu plus loin, sur le quai.

— J'ai promis à Gérard de ne plus prendre cette saloperie.

Apparemment, je ne lui inspirais pas de tels scrupules. J'étais déçu mais j'éprouvais aussi une sensation trouble de complicité, car c'était avec moi qu'elle avait voulu partager cette « saloperie ».

Je les ai accompagnés jusqu'au quai. Au moment de franchir l'entrée de l'hôtel, Van Bever m'a tendu la main.

— À bientôt.

Elle évitait mon regard.

— On se retrouve un peu plus tard au café Dante, m'a-t-elle dit.

Je les ai vus monter l'escalier. Elle le tenait par le bras. J'étais là, immobile, dans l'entrée. Puis j'ai entendu se refermer la porte de leur chambre.

J'ai suivi le quai de la Tournelle, le long des platanes dénudés, dans le brouillard et le froid humide. Au moins, j'étais soulagé de porter des après-ski, mais cette chambre mal chauffée et ce lit en bois marron me causaient une légère appréhension. Van Bever avait gagné trois mille francs à Dieppe. Comment aurais-je pu, moi, me procurer une somme aussi importante ? J'essayais d'évaluer les quelques livres qu'il me restait à vendre. Pas grand-chose. De toute manière, si j'avais disposé de beaucoup d'argent, je croyais que cela aurait laissé Jacqueline totalement indifférente.

Elle m'avait dit : « On se retrouve un peu plus tard au café Dante. » Elle était restée dans le vague. Alors il faudrait que je les attende un après-midi, puis un autre, comme je l'avais fait la première fois. Et à mesure que j'attendrais, une pensée finirait par m'occuper l'esprit : elle ne voulait plus me voir à cause de ce qui s'était passé entre nous, la nuit dernière. J'étais devenu pour elle un témoin gênant.

Je remontais le boulevard Saint-Michel et j'avais l'impression de piétiner depuis long-temps sur les mêmes trottoirs, prisonnier de ce quartier sans raisons précises. Sauf une : j'avais dans ma poche une fausse carte d'étudiant pour être en règle, et par conséquent il valait mieux fréquenter un quartier d'étudiants.

Quand je suis arrivé devant l'hôtel de Lima, j'ai hésité à entrer. Mais je ne pouvais pas rester toute la journée dehors, au milieu de ces gens qui portaient des serviettes de cuir et des cartables et qui se dirigeaient vers les lycées, la Sorbonne, l'école des Mines. Je me suis allongé sur le lit. La chambre était trop petite pour faire autre chose : pas de chaise ni de fauteuil.

Le clocher de l'église se découpait dans le cadre de la fenêtre, et aussi les branches d'un marronnier dont je regrettais qu'elles ne fussent pas couvertes de feuillage mais il faudrait attendre encore un mois le printemps. Je ne me rappelle plus si je pensais à l'avenir, en ce temps-là. Je crois plutôt que je vivais au présent, avec de vagues projets de fuite, comme aujourd'hui, et l'espoir de les retrouver, Jacqueline et lui, tout à l'heure, au café Dante.

C'est plus tard, vers une heure du matin, qu'ils m'ont fait connaître Cartaud. Le soir, je les avais attendus en vain au café Dante et je n'avais pas osé passer à leur hôtel. J'avais mangé un plat dans l'un des restaurants chinois de la rue du Sommerard. La perspective de ne plus jamais revoir Jacqueline me coupait l'appétit. Alors j'essayais de me rassurer : ils ne quitteraient pas l'hôtel d'un jour à l'autre, et même s'ils le quittaient, ils laisseraient au concierge leur adresse à mon intention. Mais quelles raisons exactes avaient-ils de me laisser leur adresse ? Tant pis, j'irais traîner à leur recherche, le samedi et le dimanche, dans les casinos de Dieppe et de Forges-les-Eaux.

Je suis resté longtemps dans la librairie anglaise du quai, vers Saint-Julien-le-Pauvre. J'y ai acheté un livre : *A High Wind in Jamaica* que j'avais lu vers quinze ans en français sous le titre *Un cyclone à la Jamaïque.* J'ai marché au hasard, avant d'échouer dans une autre librairie, elle aussi ouverte très tard, rue Saint-Séverin. Puis je suis revenu dans ma chambre et j'essayais de lire.

De nouveau je suis sorti et mes pas m'ont entraîné jusqu'au café de la rue Cujas où nous étions réunis ce matin. J'ai eu un coup au cœur : ils étaient assis à la même table, près de la vitre, en compagnie d'un homme brun. Van Bever était à sa droite. Je ne voyais plus que Jacqueline en face d'eux, seule sur la banquette, les bras croisés. Elle était là, derrière la vitre, dans la lumière jaune, et je regrette de ne pas remonter le cours du temps. Je me retrouverais sur le trottoir de la rue Cujas à la même place qu'autrefois mais tel que je suis aujourd'hui et je n'aurais aucune peine à sortir Jacqueline de cet aquarium, pour la ramener à l'air libre.

J'étais gêné de marcher vers leur table, comme si j'avais voulu les surprendre. Van Bever, en me voyant, m'a fait un signe amical du bras. Jacqueline, elle, m'a souri sans manifester la moindre surprise. C'est Van Bever qui m'a présenté à l'autre :

— Pierre Cartaud...

Je lui ai serré la main et je me suis assis sur la banquette, à côté de Jacqueline.

— Vous passiez dans le quartier ? m'a dit Van

Bever, du ton poli avec lequel il se serait adressé à une vague relation.

— Oui... Tout à fait par hasard...

J'étais bien décidé à rester à ma place, sur la banquette. Jacqueline évitait mes regards. Était-ce la présence de Cartaud qui les rendait si distants avec moi ? J'avais sans doute interrompu leur conversation.

— Vous buvez quelque chose ? m'a demandé Cartaud.

Il avait la voix grave, bien timbrée, de quelqu'un qui a l'habitude de parler et de convaincre.

— Une grenadine.

C'était un homme plus âgé que nous, d'environ trente-cinq ans. Brun, les traits du visage réguliers. Il portait un costume gris.

A la sortie de l'hôtel, j'avais fourré dans la poche de mon imperméable *A High Wind in Jamaica*. Cela me rassurait de garder sur moi, en permanence, un roman que j'aimais. Je l'ai posé sur la table en cherchant au fond de ma poche un paquet de cigarettes, et Cartaud l'a remarqué.

— Vous lisez l'anglais ?

Je lui ai répondu que oui. Comme Jacqueline et Van Bever se taisaient, il a fini par dire :

— Vous vous connaissez depuis longtemps ?

— Nous nous sommes rencontrés dans le quartier, a dit Jacqueline.

— Ah oui... je vois...

Qu'est-ce qu'il voyait, au juste ? Il a allumé une cigarette.

— Et vous les accompagnez aussi dans les casinos ?

— Non.

Van Bever et Jacqueline étaient toujours sur la réserve. En quoi ma présence pouvait-elle bien les embarrasser ?

— Alors, vous ne les avez jamais vus jouer trois heures de suite à la boule...

Il a eu un éclat de rire.

Jacqueline s'est tournée vers moi.

— Nous avons fait la connaissance de monsieur à Langrune, m'a-t-elle dit.

— Je les ai tout de suite repérés, a dit Cartaud. Ils avaient une manière tellement bizarre de jouer...

— Pourquoi bizarre ? a dit Van Bever, d'un ton faussement candide.

— On se demande d'ailleurs ce que vous pouviez bien faire à Langrune, a dit Jacqueline en lui lançant un sourire.

Van Bever avait pris son attitude habituelle de jockey : le dos courbé, la tête dans les épaules. Il avait l'air d'être mal à l'aise.

— Vous jouez au casino ? ai-je dit à Cartaud.

— Pas vraiment. Ça m'amuse d'y entrer, comme ça... quand j'ai des temps morts...

Et quelle était son activité en dehors des temps morts ?

Peu à peu, Jacqueline et Van Bever se sont détendus. Avaient-ils craint que je prononce une parole qui pouvait indisposer Cartaud ou bien qu'il révélât, dans la conversation, quelque chose que tous deux voulaient me cacher?

— Et la semaine prochaine… C'est Forges?

Cartaud leur jetait un regard amusé.

— Plutôt Dieppe, a dit Van Bever.

— Je pourrais vous y emmener en voiture. Ça va très vite…

Il s'est tourné vers Jacqueline et moi :

— Hier, nous avons mis un peu plus d'une heure pour revenir de Dieppe…

Ainsi, c'était lui qui avait ramené Van Bever à Paris. Je me suis souvenu de la voiture noire, à l'arrêt, rue Cujas.

— Ce serait gentil si vous faisiez cela, a dit Jacqueline. C'est tellement ennuyeux de prendre chaque fois le train…

Elle regardait Cartaud d'une drôle de manière, comme si elle était impressionnée par lui, et qu'elle ne pouvait se défendre d'une certaine admiration à son égard. Est-ce que Van Bever avait remarqué cela?

— Je serais ravi de vous rendre service, a dit Cartaud. J'espère que vous serez des nôtres…

Il me fixait de son regard ironique. On aurait pu croire qu'il m'avait jugé désormais, et que je lui inspirais une légère condescendance.

— Je ne fréquente pas les casinos de province, lui ai-je dit sèchement.

Il a accusé le coup. Jacqueline aussi a été surprise de ma réponse. Van Bever n'a pas bronché.

— Vous avez tort. C'est très amusant, les casinos de province...

Son regard s'était durci. Je l'avais vexé, sans doute. Il ne s'attendait pas à une réflexion de cette sorte dans la bouche d'un garçon aussi timide d'apparence. Mais je voulais dissiper le malaise. Alors j'ai dit :

— Vous avez raison... C'est amusant... Surtout Langrune...

Oui, j'aurais aimé savoir ce qu'il pouvait bien faire à Langrune, quand il avait rencontré Jacqueline et Van Bever. Je connaissais cet endroit car j'y avais passé un après-midi avec des amis, l'année précédente, au cours d'un voyage en Normandie. Je l'imaginais vraiment mal, là-bas, vêtu de son costume gris et marchant le long des villas délabrées du bord de mer, sous la pluie, à la recherche du casino. J'avais le vague souvenir que celui-ci ne se trouvait pas à Langrune mais quelques centaines de mètres plus loin, à Luc-sur-Mer.

— Vous êtes étudiant ?

Il avait fini par me poser la question. J'ai d'abord voulu lui dire : oui, mais cette réponse toute simple compliquait les choses, car il faudrait préciser ensuite quel genre d'études.

— Non. Je travaille pour des libraires.

J'espérais que cela lui suffirait. Avait-il posé la même question à Jacqueline et à Van Bever ? Et que leur avaient-ils répondu ? Van Bever lui avait-il dit qu'il était colporteur ? J'en doutais.

— Moi, j'ai été étudiant, juste en face...

Il nous désignait un petit immeuble, de l'autre côté de la rue.

— C'était l'École française d'orthopédie... Je suis resté un an là-dedans... Ensuite, j'ai fait l'École dentaire, avenue de Choisy...

Il nous parlait maintenant sur le ton de la confidence. Était-il vraiment sincère ? Peut-être cherchait-il à nous faire oublier qu'il n'avait pas notre âge et qu'il n'était plus étudiant.

— J'ai choisi l'École dentaire pour m'orienter vers quelque chose de précis. J'avais plutôt tendance à flâner, comme vous...

Décidément, je ne voyais qu'une seule explication au fait que cet homme de trente-cinq ans, en costume gris, soit là si tard, avec nous, dans un café du quartier Latin : il s'intéressait à Jacqueline.

— Vous voulez boire autre chose ? Moi, ce sera encore un whisky...

Van Bever et Jacqueline ne donnaient pas le moindre signe d'impatience. Et moi, je restais assis sur la banquette, comme dans ces mauvais rêves où vous ne pouvez plus vous lever car vos jambes ont une lourdeur de plomb. De temps en temps, je me tournais vers Jacqueline et j'aurais voulu lui proposer de quitter ce café et de marcher tous les deux jusqu'à la gare de Lyon. Nous aurions pris un train de nuit et nous serions arrivés le lendemain matin sur la Côte d'Azur ou en Italie.

La voiture était garée, un peu plus haut, rue Cujas, à cet endroit du trottoir où il y avait des marches et des rampes de fer. Jacqueline est montée sur le siège avant.

Cartaud m'a demandé l'adresse de mon hôtel et, par la rue Saint-Jacques, nous avons rejoint le boulevard Saint-Germain.

— Si je comprends bien, a-t-il dit, vous habitez tous l'hôtel...

Il a tourné la tête vers Van Bever et moi. De nouveau, il nous considérait avec un sourire ironique et me donnait l'impression que nous étions tous les deux pour lui quantité négligeable.

— En somme, c'est la vie de bohème...

Peut-être voulait-il trouver un ton de blague et de complicité. Alors il le faisait maladroitement, comme ces gens plus âgés qui sont intimidés par la jeunesse.

— Et jusqu'à quand vous allez habiter dans des hôtels?

Cette fois-ci, il s'adressait à Jacqueline. Elle

fumait et laissait tomber la cendre de sa cigarette par la vitre entrouverte.

— Jusqu'à ce que nous puissions quitter Paris, a-t-elle dit. Ça va dépendre de notre ami américain qui habite Majorque.

Tout à l'heure, j'avais cherché en vain un livre de ce Mc Givern, dans la librairie anglaise du quai. La seule preuve de son existence, c'était l'enveloppe que j'avais vue le premier jour dans la main de Jacqueline et qui portait l'adresse de Majorque. Mais je n'étais pas sûr que le nom du destinataire fût bien « Mc Givern ».

— Vous pouvez vraiment compter sur lui ? a demandé Cartaud.

Van Bever, à côté de moi, paraissait embarrassé. C'est Jacqueline qui a fini par dire :

— Bien sûr... Il nous a proposé de venir à Majorque.

Elle parlait d'une voix nette que je ne lui connaissais pas. J'avais le sentiment qu'elle voulait en imposer à Cartaud avec cet « ami américain » et lui faire comprendre qu'il n'était pas le seul, lui, Cartaud, à s'intéresser à elle et à Van Bever.

Il a arrêté la voiture devant mon hôtel. Ainsi, il fallait que je les quitte et je craignais de ne plus les revoir, comme ces après-midi où je les attendais au café Dante. Cartaud ne les ramènerait pas tout de suite à leur hôtel et ils finiraient certainement la nuit ensemble, quelque part, sur la rive droite. Ou même, ils boiraient un dernier verre dans le quartier. Mais d'abord, ils préféraient se débarrasser de moi.

Van Bever est sorti de la voiture en laissant la portière ouverte. Il m'a semblé voir la main de Cartaud effleurer le genou de Jacqueline, mais c'était peut-être une illusion causée par la demi-pénombre.

Elle m'avait dit « au revoir », du bout des lèvres. Cartaud m'avait gratifié d'un « bonne nuit » indifférent. Décidément, j'étais de trop. Van Bever, lui, avait attendu que je quitte ma place, debout sur le trottoir. Et il m'avait serré la main. « Peut-être un de ces jours au café Dante », m'avait-il dit.

Sur le seuil de l'hôtel, je me suis retourné. Van Bever m'a fait un signe du bras et il est rentré dans la voiture. La portière a claqué. Maintenant, il était seul sur la banquette arrière.

La voiture a démarré et elle a pris la direction de la Seine. C'était aussi le chemin de la gare d'Austerlitz et de la gare de Lyon, et je me suis dit qu'ils allaient quitter Paris.

Avant de monter dans ma chambre, j'ai demandé au veilleur de nuit un annuaire, mais j'ignorais encore l'orthographe exacte de « Cartaud » et j'avais sous les yeux des : Cartau, Cartaud, Cartault, Cartaux, Carteau, Carteaud, Carteaux. Aucun d'eux ne s'appelait Pierre.

Je ne parvenais pas à m'endormir et regrettais

de n'avoir pas posé de questions à Cartaud. Mais y aurait-il répondu ? S'il avait vraiment été élève de l'École dentaire, exerçait-il maintenant ? J'essayais de l'imaginer, vêtu d'une blouse blanche de dentiste, et recevant dans son cabinet. Puis mes pensées m'ont ramené à Jacqueline et à la main de Cartaud sur son genou. Peut-être Van Bever pourrait-il, lui, me donner quelques explications. J'ai eu un sommeil agité. Dans mon rêve, les noms défilaient en caractères lumineux. Cartau, Cartaud, Cartault, Cartaux, Carteau, Carteaud, Carteaux.

Je me suis réveillé vers huit heures : quelqu'un frappait à la porte de ma chambre. C'était Jacqueline. Je devais avoir l'air hagard de celui qui sort d'un mauvais sommeil. Elle m'a dit qu'elle m'attendait dehors.

Il faisait nuit. Je la voyais de la fenêtre. Elle s'était assise sur le banc, de l'autre côté du boulevard. Elle avait relevé le col de sa veste de cuir et enfoncé les mains dans les poches pour se protéger du froid.

Nous avons marché tous les deux vers la Seine et nous sommes entrés dans le dernier café avant la Halle aux vins. Par quel hasard était-elle là, en face de moi ? La veille, en sortant de la voiture de Cartaud, je n'aurais jamais imaginé une chose aussi simple. Tout ce que j'envisageais, c'était de l'attendre, de longs après-midi, pour rien, au café Dante. Elle m'a expliqué que Van Bever était parti pour Athis-Mons chercher leurs extraits d'acte de naissance, afin d'obtenir de nouveaux passeports. Ils avaient perdu les anciens au cours d'un voyage en Belgique, il y a trois mois.

Elle ne me témoignait plus cette indifférence qui m'avait dérouté, la veille au soir, quand je les avais surpris tous les deux avec Cartaud. Je la retrouvais telle qu'elle était, au cours des moments que nous avions passés ensemble. Je lui ai demandé si sa grippe était finie.

Elle a haussé les épaules. Il faisait encore plus froid qu'hier et elle portait toujours cette veste de cuir souple.

— Il faudrait que vous ayez un vrai manteau, lui ai-je dit.

Elle m'a regardé droit dans les yeux et elle a eu un sourire un peu moqueur.

— Pour vous, c'est quoi, un vrai manteau ?

Cette question m'a pris de cours. Et comme si elle voulait me rassurer, elle m'a dit :

— De toute façon, l'hiver est bientôt fini.

Elle attendait des nouvelles de Majorque. Et celles-ci ne sauraient tarder. Elle espérait partir au printemps. Évidemment, je serais des leurs, si je le voulais bien. J'étais rassuré qu'elle me le confirme.

— Et Cartaud ? Vous avez des nouvelles de lui ?

Au nom de Cartaud, elle a froncé les sourcils. J'avais pris le ton anodin de celui qui parle de la pluie et du beau temps.

— Vous vous souvenez de son nom ?

— C'est un nom facile à retenir.

Et ce Cartaud, exerçait-il un métier? Oui, il travaillait dans un cabinet de chirurgien-dentiste, boulevard Haussmann, à côté du musée Jacquemart-André.

Elle a allumé une cigarette, d'un geste nerveux :

— Il pourrait nous prêter de l'argent. Ça nous aiderait pour notre voyage.

Elle avait l'air de guetter ma réaction.

— Il est riche? lui ai-je demandé.

Elle a souri.

— Vous parliez de manteau, tout à l'heure… Eh bien, je vais lui demander de m'offrir un manteau de fourrure…

Elle a posé sa main sur la mienne, comme je l'avais vue faire avec Van Bever dans le café de la rue Cujas, et elle a rapproché son visage du mien.

— Soyez tranquille, m'a-t-elle dit. Je n'aime pas du tout les manteaux de fourrure.

Dans ma chambre, elle a tiré les rideaux noirs. Je ne l'avais jamais fait auparavant car la couleur de ces rideaux m'inquiétait, et chaque fois j'étais réveillé par la lumière du jour. La lumière passait maintenant à travers la fente des rideaux. C'était étrange de voir sa veste et ses vêtements éparpillés sur le parquet. Beaucoup plus tard, nous nous sommes endormis. Un va-et-vient dans l'escalier m'a tiré de mon sommeil, mais je ne bougeais pas. Elle dormait toujours, la tête contre mon épaule. J'ai regardé ma montre-bracelet. Il était deux heures de l'après-midi.

En quittant la chambre, elle m'a dit qu'il valait mieux que nous ne nous voyions pas ce soir. Van Bever était sans doute de retour d'Athis-Mons depuis longtemps et il l'attendait quai de la Tournelle. Je n'ai pas voulu lui demander comment elle justifierait son absence.

Quand je me suis retrouvé seul, j'ai eu le sentiment d'être revenu au même point que la veille : de nouveau je n'étais plus sûr de rien et je n'avais d'autre recours que d'attendre ici, ou bien au café Dante, ou peut-être de passer par la rue Cujas vers une heure du matin. Et de nouveau, le samedi, Van Bever partirait pour Forges-les-Eaux ou pour Dieppe et nous irions l'accompagner à la station de métro. Et s'il acceptait qu'elle reste à Paris, ce serait exactement comme l'autre fois. Et ainsi jusqu'à la fin des temps.

J'ai rassemblé trois ou quatre livres d'art dans mon grand sac de toile beige et j'ai descendu l'escalier.

J'ai demandé à l'homme qui se tenait derrière le comptoir de la réception s'il avait un annuaire des rues de Paris et il m'en a tendu un, de couleur bleue, qui paraissait neuf. J'ai consulté tous les numéros du boulevard Haussmann jusqu'à ce que je trouve, au 158, le musée Jacquemart-André. Au 160, il y avait bien un dentiste, un certain Pierre Robbes. J'ai noté, à tout hasard, son numéro de téléphone : Wagram 13 18. Puis j'ai marché, le grand sac beige à la main, jusqu'à la librairie anglaise de Saint-Julien-le-Pauvre, où j'ai réussi à vendre l'un des ouvrages que je transportais, *Italian Villas and Their Gardens*, pour la somme de cent cinquante francs.

J'ai hésité un moment devant l'immeuble du 160, boulevard Haussmann et j'ai franchi la porte cochère. Sur un panneau contre le mur, en grandes lettres imprimées, les noms et les étages :

Docteur P. Robbes — P. Cartaud
2ᵉ étage

Le nom de Cartaud n'était pas inscrit dans les mêmes caractères que les autres et semblait avoir été rajouté à la liste. J'ai décidé de sonner à la porte du second étage mais je n'ai pas pris l'ascenseur dont les deux battants vitrés et les grilles brillaient dans la pénombre. J'ai gravi lentement les marches de l'escalier en préparant ce que j'allais dire à la personne qui viendrait m'ouvrir — J'ai rendez-vous avec le docteur Cartaud. Si l'on m'introduisait auprès de lui, j'aurais le ton enjoué de celui qui visite un ami à l'improviste. À ce détail près : il ne m'avait vu qu'une fois et risquait de ne pas me reconnaître.

Sur la porte, était fixée une plaque dorée où j'ai lu :

CHIRURGIEN-DENTISTE

J'ai sonné une fois, deux fois, trois fois, mais personne ne répondait.

Je suis sorti de l'immeuble. Après le musée Jacquemart-André, un café à la terrasse vitrée. J'ai choisi une table d'où je pouvais surveiller l'entrée du 160. J'attendais l'arrivée de Cartaud. Je n'étais même pas sûr qu'il comptât beaucoup pour Jacqueline et Van Bever. C'était l'une de ces rencontres de hasard. Peut-être ne reverraient-ils plus jamais Cartaud de leur vie.

J'avais déjà bu plusieurs grenadines et il était cinq heures du soir. Je finissais par oublier pour quelle raison exacte j'attendais à la terrasse de ce café. Depuis des mois, je n'avais pas mis les pieds sur la rive droite, et maintenant le quai de la Tournelle et le quartier Latin me paraissaient à des milliers de kilomètres de distance.

La nuit tombait. Le café, désert lorsque j'avais choisi ma table, se remplissait peu à peu de clients qui devaient sortir des bureaux du voisinage. J'entendais le bruit du flipper, comme au café Dante.

Une voiture noire s'est arrêtée, à la hauteur du musée Jacquemart-André. D'abord, je l'ai regardée distraitement. Et puis j'ai eu un coup au cœur : la voiture de Cartaud. Je l'ai reconnue car elle était d'un modèle anglais assez peu courant en France. Il est sorti de la voiture et il est venu ouvrir la portière de gauche à quelqu'un : c'était Jacqueline. En marchant vers la porte cochère de l'immeuble, ils pouvaient me voir, derrière la vitre de la terrasse, mais je n'ai pas bougé de ma table. Et même, je ne les quittais pas des yeux, comme si je voulais attirer leur attention sur moi.

Ils sont passés, sans remarquer ma présence. Cartaud a poussé la porte cochère pour laisser le passage à Jacqueline. Il portait un manteau bleu marine et Jacqueline sa veste de cuir légère.

J'ai pris un jeton de téléphone au comptoir. La cabine était au sous-sol. J'ai composé Wagram 13 18. On a décroché.

— Vous êtes Pierre Cartaud ?
— De la part de qui ?
— Est-ce que je pourrais parler à Jacqueline ? Quelques secondes de silence. J'ai raccroché.

Je les ai retrouvés, elle et Van Bever, le lendemain après-midi au café Dante. Ils étaient seuls, tout au fond, devant le flipper. Ils n'ont pas interrompu leur partie à mon arrivée. Jacqueline portait son pantalon noir serré aux chevilles et des espadrilles rouges à lacets. Ce n'était pas des chaussures pour l'hiver.

J'ai profité d'un instant où Van Bever allait chercher des cigarettes et où Jacqueline et moi nous étions seuls l'un en face de l'autre pour lui dire :

— Et Cartaud ? Ça s'est bien passé hier boulevard Haussmann ?

Elle est devenue très pâle.

— Pourquoi vous me demandez ça ?

— Je vous ai vue entrer avec lui dans l'immeuble.

Je m'efforçais de sourire et de prendre un ton léger.

— Vous me suiviez ?

Elle avait les yeux écarquillés. Au moment où Van Bever venait nous rejoindre, elle s'est penchée vers moi et elle m'a dit à voix basse :

— Ça reste entre nous.

J'ai pensé au flacon d'éther — cette saloperie, comme elle disait — qu'elle m'avait fait partager avec elle l'autre nuit.

— Vous avez l'air soucieux...

Van Bever se tenait debout devant moi et m'avait tapoté l'épaule, comme s'il voulait me sortir d'un mauvais rêve. Il me tendait un paquet de cigarettes.

— Tu veux faire une autre partie de flipper ? lui a demandé Jacqueline.

On aurait dit qu'elle cherchait à l'éloigner de moi.

— Pas tout de suite. Ça me donne la migraine.

À moi aussi. J'entendais le bruit du flipper même quand je n'étais plus au café Dante.

J'ai demandé à Van Bever :

— Vous avez des nouvelles de Cartaud ?

Jacqueline a froncé les sourcils, sans doute pour me faire comprendre qu'il ne fallait pas aborder ce sujet.

— Pourquoi ? Vous vous intéressez à lui ?

Il m'avait posé la question d'un ton sec. Il paraissait surpris que j'aie retenu le nom de Cartaud.

— C'est un bon chirurgien-dentiste ? ai-je demandé.

Je me rappelais le costume gris et la voix grave bien timbrée qui ne manquaient pas d'une certaine distinction.

— Je ne sais pas, a dit Van Bever.

Jacqueline faisait semblant de ne pas entendre. Elle regardait ailleurs, vers l'entrée du café. Van Bever souriait, d'un sourire un peu crispé.

— Il travaille la moitié du temps à Paris, a-t-il dit.

— Et à part ça, il travaille où ?

— En province.

L'autre nuit dans le café de la rue Cujas, une gêne flottait entre eux et Cartaud, et elle ne s'était pas dissipée malgré les paroles anodines que nous avions échangées quand je m'étais assis à leur table. Et cette gêne, je la retrouvais maintenant dans le silence de Jacqueline et les réponses évasives de Van Bever.

— Le problème avec ce type, c'est qu'il est un peu collant, a dit Jacqueline.

Van Bever a paru soulagé qu'elle ait pris l'initiative de me faire cette confidence, comme si, à partir de maintenant, ils n'avaient plus rien à me cacher.

— Nous ne voulons pas spécialement le voir, a-t-il ajouté. C'est lui qui vient nous relancer...

Oui, c'était bien ce qu'avait dit Cartaud l'autre soir. Ils avaient fait sa connaissance deux mois auparavant au casino de Langrune. Il était seul à jouer à la boule, distraitement, pour tuer le temps. Il les avait invités à dîner dans le seul restaurant ouvert, un peu plus loin, à Luc-sur-Mer, et leur avait expliqué qu'il était dentiste dans la région. Au Havre.

— Et vous croyez que c'est vrai ? ai-je demandé.

Van Bever a eu l'air surpris que je puisse émettre un doute sur la profession de ce Cartaud. Dentiste au Havre. J'étais allé plusieurs fois dans cette ville, il y a longtemps, prendre un bateau pour l'Angleterre, et je m'étais promené aux alentours des quais. J'essayais de me souvenir de l'arrivée à la gare et du trajet jusqu'au port. De grands bâtiments en béton, tous les mêmes, le long d'avenues trop larges. Les immeubles monumentaux et les esplanades m'avaient causé une sensation de vide. Et maintenant, il fallait imaginer Cartaud dans ce décor.

— Il nous a même donné son adresse au Havre, a dit Van Bever.

Je n'ai pas osé lui demander, devant Jacqueline, s'il connaissait aussi son autre adresse, à Paris, boulevard Haussmann. Elle a eu brusquement un regard ironique, l'air de penser que Van Bever simplifiait les choses et les rendait beaucoup moins troubles qu'elles ne l'étaient : un homme que l'on rencontre dans une station balnéaire de Normandie et qui est dentiste au Havre, rien que de très banal, en somme. Je me rappelais que j'attendais toujours l'embarquement dans un café des quais : la porte Océane... Cartaud fréquentait-il cet établissement ? Et là-bas, était-il vêtu du même costume gris ? Demain, j'achèterais un plan du Havre et, quand je serais seul avec Jacqueline, elle m'expliquerait tout.

— On pensait qu'il allait perdre notre trace à Paris, mais il y a trois semaines, on l'a revu...

Et Van Bever courbait un peu plus le dos et rentrait la tête dans les épaules, comme s'il allait franchir un obstacle.

— Vous l'avez rencontré dans la rue ? ai-je demandé.

— Oui, a dit Jacqueline. Je suis tombée sur lui par hasard. Il attendait un taxi place du Châtelet. Je lui ai donné l'adresse de notre hôtel.

Elle semblait brusquement accablée que la conversation se poursuive sur ce sujet.

— Maintenant qu'il est à Paris la moitié du temps, a dit Van Bever, il veut nous voir. Nous ne pouvons pas refuser...

Hier après-midi, Jacqueline sortait de la voiture après que Cartaud avait ouvert la portière et elle pénétrait derrière lui dans l'immeuble du boulevard Haussmann. Je les avais bien observés tous les deux. Le visage de Jacqueline n'exprimait pas la moindre contrariété.

— Vous êtes vraiment obligés de le voir ?

— Un peu, a dit Van Bever.

Il m'a souri. Il a hésité un instant, avant d'ajouter :

— Vous pouvez nous rendre un service...
C'est de rester avec nous, chaque fois que ce
type viendra nous relancer...

— Votre présence nous faciliterait les choses,
a dit Jacqueline. Ça ne vous ennuie pas?

— Mais non. Je le ferai avec plaisir.

J'aurais fait n'importe quoi pour elle.

Le samedi, Van Bever est parti pour Forges-les-Eaux. Je les attendais vers cinq heures de l'après-midi devant leur hôtel, comme ils me l'avaient demandé. C'est Van Bever qui est sorti le premier. Il m'a proposé de faire quelques pas le long du quai de la Tournelle.

— Je compte sur vous pour veiller sur Jacqueline.

J'ai été surpris par ces paroles. Il m'a expliqué d'une manière un peu confuse que Cartaud leur avait téléphoné la veille pour dire qu'il ne pouvait pas l'accompagner en voiture à Forges-les-Eaux, car il avait du travail. Mais il ne fallait pas se fier à ces paroles en apparence courtoises ni à cette fausse cordialité. Tout simplement, Cartaud voulait profiter de son absence, à lui, Van Bever, pour voir Jacqueline.

Alors pourquoi ne l'emmenait-il pas avec lui à Forges-les-Eaux ?

Il m'a répondu que, s'il le faisait, Cartaud irait les retrouver là-bas, et cela reviendrait au même.

Jacqueline sortait de l'hôtel et nous rejoignait.

— Je suis sûre que vous étiez en train de parler de Cartaud, a-t-elle dit.

Elle nous dévisageait l'un après l'autre.

— Je lui ai demandé de rester avec toi, a dit Van Bever.

— C'est gentil.

Nous l'avons accompagné, comme l'autre fois, jusqu'à la station de métro Pont-Marie. Ils gardaient tous les deux le silence. Et moi, je n'avais plus envie de poser de questions. Je me laissais aller à mon insouciance naturelle. Le principal, c'était que je reste seul avec Jacqueline. J'avais même l'autorisation de Van Bever qui m'avait confié un rôle de protecteur auprès d'elle. Que pouvais-je espérer de plus ?

Avant de descendre les escaliers du métro, il a dit :

— J'essayerai d'être de retour demain matin.

Au bas des marches, il est resté un instant immobile, très droit, dans son manteau à chevrons. Il fixait Jacqueline du regard.

— Si jamais tu veux me joindre, tu as le numéro de téléphone du casino de Forges…

Il avait brusquement une expression de lassitude sur son visage.

Il a poussé l'une des portes dont le battant s'est refermé sur lui.

Nous traversions l'île Saint-Louis en direction de la rive gauche et Jacqueline m'avait pris le bras.

— Quand est-ce que nous allons tomber sur Cartaud ?

Ma question semblait lui avoir causé une légère contrariété. Elle n'a pas répondu.

Je m'attendais à ce qu'elle me laisse devant la porte de son hôtel. Mais elle m'a entraîné dans sa chambre.

La nuit était tombée. Elle a allumé la lampe de chevet, à côté de son lit.

J'étais assis sur la chaise près du lavabo, et elle, par terre, contre le rebord du lit, les bras autour de ses genoux repliés.

— Il faut que j'attende son coup de téléphone, m'a-t-elle dit.

Il s'agissait de Cartaud. Mais pourquoi était-elle obligée d'attendre son coup de téléphone ?

— Hier, vous m'avez guettée boulevard Haussmann ?

— Oui.

Elle a allumé une cigarette. Dès la première bouffée, elle a toussé. J'ai quitté la chaise et je me suis assis par terre, à côté d'elle. Nous nous appuyions du dos contre le rebord du lit.

Je lui ai pris la cigarette des mains. La fumée ne lui réussissait pas et j'aurais aimé qu'elle s'arrête de tousser.

— Je ne voulais pas que nous en parlions

devant Gérard... Il aurait été gêné vis-à-vis de vous... Mais je tenais à vous dire qu'il est au courant de tout...

Elle me regardait droit dans les yeux avec un air de défi :

— Pour le moment, je ne peux pas faire autrement... Nous avons besoin de ce type...

Je m'apprêtais à lui poser une question mais elle a tendu le bras vers la table de nuit et elle a éteint la lampe. Elle s'est penchée vers moi et j'ai senti la caresse de ses lèvres sur mon cou.

— Vous ne voulez pas que maintenant nous pensions à autre chose ?

Elle avait raison. On ne savait pas quels ennuis réservait l'avenir.

Vers sept heures du soir, quelqu'un a frappé à la porte et d'une voix enrouée a dit : « On vous demande au téléphone. » Jacqueline s'est levée du lit et, sans allumer la lampe, elle a enfilé mon imperméable et a quitté la chambre en laissant la porte entrouverte.

L'appareil était fixé au mur du couloir. Je l'entendais répondre par oui ou par non, et répéter « qu'il n'était pas vraiment nécessaire qu'elle vienne ce soir », comme si son interlocuteur ne comprenait pas ses paroles, ou qu'elle voulait se faire prier.

Elle a refermé la porte et elle est venue s'asseoir sur le lit. Elle avait une drôle d'allure dans cet imperméable trop grand pour elle et dont elle avait retroussé les manches.

— J'ai rendez-vous avec lui dans une demi-heure... Il vient me chercher... Il croit que je suis seule ici...

Elle s'est rapprochée de moi et, à voix plus basse, elle m'a dit :

— J'ai besoin que vous me rendiez un service...

Cartaud l'emmènerait dîner avec des amis à lui. Ensuite, elle ne savait pas très bien comment la soirée allait finir. Le service qu'elle attendait de moi était le suivant : que je quitte l'hôtel avant l'arrivée de Cartaud. Elle me confierait une clé. C'était celle de l'appartement du boulevard Haussmann. J'irais chercher une valise, dans l'un des placards du cabinet de dentiste, « celui qui était du côté de la fenêtre ». Je prendrais la valise et je la ramènerais ici, dans cette chambre. Voilà, c'était très simple. Elle me téléphonerait vers dix heures pour me dire où la rejoindre.

Que contenait cette valise ? Elle a eu un sourire embarrassé et elle m'a dit : « un peu d'argent ». Je ne m'en suis pas étonné outre mesure. Et quelle serait la réaction de Cartaud quand il ne la retrouverait plus ? Eh bien, il ne pourrait jamais se douter que c'était nous qui l'avions volée. Bien sûr, il ignorait que nous avions un double de la clé de l'appartement. Elle l'avait fait faire à son insu dans le «Clé minute» de la gare Saint-Lazare.

J'étais touché par le «nous» qu'elle avait employé, puisqu'il s'agissait d'elle et de moi. J'ai voulu savoir quand même si Van Bever était au courant de ce projet. Oui. Mais il avait préféré que ce soit elle qui m'en parle. Je n'étais donc qu'un comparse et ce qu'ils attendaient de moi, c'était d'effectuer une sorte de cambriolage. Pour m'ôter mes scrupules, elle m'a précisé que Cartaud n'était pas «quelqu'un de bien» et que, de toute manière, «il lui devait bien ça...».

— Elle est lourde, cette valise? lui ai-je demandé.

— Non.

— Parce que je ne sais pas s'il vaut mieux que je prenne un taxi ou le métro.

Elle a paru étonnée que je ne lui manifeste aucune réticence.

— Ça ne vous gêne pas de faire ça pour moi?

Elle voulait sans doute ajouter que je ne risquais rien, mais je n'avais pas besoin d'encouragement. À vrai dire, depuis mon enfance, j'avais vu mon père transporter tant de bagages —valises à double fond, sacs et mallettes de cuir, ou même ces serviettes noires qui lui donnaient une fausse apparence de respectabilité... Et j'avais toujours ignoré quel pouvait bien être leur contenu.

— Je le ferai avec plaisir, lui ai-je dit.

Elle m'a souri. Elle m'a remercié en ajoutant

que c'était bien la dernière fois qu'elle me proposait une chose comme ça. J'étais un peu déçu que Van Bever fût au courant, mais pour le reste, ça ne me gênait vraiment pas. J'avais l'habitude des valises.

Sur le pas de la porte, elle m'a donné la clé et elle m'a embrassé.

J'ai dévalé les escaliers et j'ai traversé le quai d'un pas rapide vers le pont de la Tournelle, en espérant ne pas rencontrer Cartaud.

Dans le métro, c'était encore l'heure de pointe. Je me sentais bien, là, serré parmi les autres voyageurs. Je ne risquais pas d'attirer l'attention sur moi.

Au retour avec la valise, c'était décidé, je prendrais de nouveau le métro.

J'attendais la correspondance pour Miromesnil à la station Havre-Caumartin. J'avais du temps devant moi. Jacqueline ne me téléphonerait pas avant dix heures à l'hôtel. J'ai laissé passer deux ou trois rames. Pourquoi m'avait-elle confié cette mission à moi et non pas à Van Bever ? Et lui avait-elle vraiment dit que j'allais chercher cette valise ? Avec elle, on ne pouvait jamais rien savoir.

À la sortie du métro, j'ai éprouvé de l'appréhension, mais elle s'est vite dissipée. Je croisais de rares passants et les fenêtres des immeubles étaient sombres : des bureaux que leurs occupants venaient de quitter. Devant le 160, j'ai levé les yeux. Seules les fenêtres du quatrième étage étaient éclairées.

Je n'ai pas allumé la minuterie. L'ascenseur montait lentement et la lumière jaune du globe, au-dessus de ma tête, projetait sur le mur de l'escalier l'ombre des grillages. J'ai laissé la porte de l'ascenseur entrebâillée, le temps de glisser, à la lumière de celui-ci, la clé dans la serrure.

Autour du vestibule, les doubles portes des pièces étaient toutes grandes ouvertes et une lumière blanche venait des lampadaires du boulevard. J'ai pénétré, à gauche, dans le cabinet de dentiste. Le fauteuil des patients, au milieu de la pièce, avec son dossier de cuir ramené en arrière, formait une sorte de divan surélevé où l'on pouvait allonger les jambes.

À la clarté du lampadaire, j'ai ouvert l'armoire métallique, celle qui était placée du côté des fenêtres. La valise était bien là, sur une étagère, une simple valise de fer-blanc, comme en portent les soldats en permission.

J'ai pris la valise et je me suis retrouvé dans le vestibule. À l'opposé du cabinet de dentiste, un salon d'attente. J'ai tourné le commutateur. La lumière est tombée d'un lustre à cristaux. Des fauteuils de velours vert. Sur une table basse, des piles de magazines. J'ai traversé ce salon et je suis entré dans une petite chambre avec un lit étroit dont les draps étaient défaits. J'ai allumé la lampe de la table de nuit.

Une veste de pyjama était roulée en boule sur l'oreiller. Dans le placard, pendus à des cintres, deux costumes du même gris et de la même coupe que celui que portait Cartaud rue Cujas. Et au pied de la fenêtre, une paire de chaussures marron, garnies d'embauchoirs.

Ainsi, c'était la chambre de Cartaud. Dans la corbeille en osier, j'ai remarqué un paquet de Royales, les cigarettes que fumait Jacqueline. Elle avait dû le jeter, l'autre soir, quand elle était venue ici avec lui.

J'ai ouvert machinalement le tiroir de la table de nuit où étaient entassées des boîtes de somnifères et d'aspirine et des cartes de visite au nom de Pierre Robbes, chirurgien-dentiste, 160 boulevard Haussmann, Wagram 13 18.

La valise était fermée à clé et j'hésitais à forcer la serrure. Elle ne pesait pas lourd. Elle contenait sans doute de l'argent en billets de banque. J'ai fouillé dans les poches des costumes et j'ai fini par trouver un portefeuille noir et dans celui-ci une carte d'identité, délivrée il y a un an, au nom de Pierre Cartaud, né le 15 juin 1923, à Bordeaux (Gironde), domicile : 160 boulevard Haussmann à Paris.

Cartaud habitait donc là depuis au moins un an… Et c'était aussi le domicile du dénommé Pierre Robbes, chirurgien-dentiste. Il était trop tard pour poser des questions au concierge et je ne pouvais pas me présenter à lui avec cette valise de fer-blanc à la main.

Je m'étais assis sur le rebord du lit et je sentais une odeur d'éther, qui me causait un pincement au cœur, comme si Jacqueline venait de quitter cette chambre.

Avant de sortir de l'immeuble, je me suis résolu à frapper à la porte vitrée du concierge, où il y avait de la lumière. Un homme brun, de petite taille, a ouvert et a passé sa tête dans l'entrebâillement de la porte. Il me regardait avec méfiance.

— Je voudrais voir le docteur Robbes, lui ai-je dit.

— Le docteur Robbes n'est pas à Paris en ce moment.

— Vous ne savez pas où je pourrais le joindre ?

Il paraissait de plus en plus méfiant et ses yeux s'attardaient sur la valise de fer-blanc que je tenais à la main.

— Vous n'avez pas son adresse ?

— Je ne peux pas vous la donner, monsieur. Je ne sais pas qui vous êtes.

— Je suis un parent du docteur Robbes. Je fais mon service militaire et je suis en permission pour quelques jours.

Ce détail a paru le rassurer un peu sur mon compte.

— Le docteur Robbes est dans sa maison de Behoust.

La consonance de ce nom ne me semblait pas très claire. Je lui ai demandé qu'il me l'épelle : BEHOUST.

— Excusez-moi, lui ai-je dit. Mais je pensais que le docteur Robbes n'habitait plus ici. Il y a un autre nom sur la liste des locataires.

Et je lui désignais celle-ci, et le nom de Cartaud.

— C'est un confrère du docteur Robbes...

De nouveau, j'ai lu de la méfiance sur les traits de son visage. Il m'a dit :

— Au revoir, monsieur.

Et il a refermé brusquement la porte sur lui.

Dehors, j'ai décidé de marcher jusqu'à la station Saint-Lazare. La valise ne pesait vraiment pas lourd. Le boulevard était désert, les façades des immeubles éteintes, et une voiture passait de temps en temps, en direction de l'Étoile. J'avais peut-être commis une erreur en frappant à la porte du concierge, car il donnerait mon signalement. Pour me rassurer, je me disais que personne — ni Cartaud, ni ce fantomatique docteur Robbes, ni le concierge du 160 — ne pouvait rien contre moi. Oui, ce que j'avais fait — entrer dans un appartement inconnu et prendre une valise qui ne m'appartenait pas, geste qui pour un autre aurait revêtu une certaine gravité — était pour moi sans conséquence.

Je ne voulais pas tout de suite revenir quai de

la Tournelle. J'ai monté les escaliers de la gare et j'ai débouché dans la salle des Pas Perdus. Beaucoup de gens se dirigeaient encore vers les quais des trains de banlieue. Je me suis assis sur un banc, la valise entre les jambes. J'avais peu à peu l'impression d'être moi aussi un voyageur ou un permissionnaire. La gare Saint-Lazare m'offrait un champ de fuite plus étendu que la banlieue et que la Normandie vers lesquelles partaient les trains. Prendre un ticket pour Le Havre, la ville de Cartaud. Et au Havre, disparaître n'importe où, dans le vaste monde, par la porte Océane…

Pourquoi ce hall de gare s'appelait-il la salle des Pas Perdus ? Il suffisait sans doute de rester quelque temps ici et rien ne comptait plus, même vos pas.

J'ai marché jusqu'au buffet, tout au fond. À la terrasse, deux permissionnaires étaient assis avec une valise semblable à la mienne. J'ai failli leur demander la petite clé de leur valise pour essayer d'ouvrir celle que je portais. Mais j'avais peur qu'une fois ouverte, les liasses de billets de banque qu'elle contenait certainement soient visibles à mes voisins et en particulier à l'un des inspecteurs en civil dont j'avais entendu parler : la police des gares. Ces deux mots m'évoquaient Jacqueline et Van Bever, comme s'ils m'avaient entraîné dans une aventure où je risquais désormais d'être la proie de la police des gares.

Je suis entré dans la salle du buffet et j'ai

choisi de m'asseoir à l'une des tables proches des baies vitrées qui surplombaient la rue d'Amsterdam. Je n'avais pas faim. J'ai commandé une grenadine. Je gardais la valise coincée entre mes jambes. Un couple, à la table voisine de la mienne, parlait à voix basse. L'homme était brun, d'une trentaine d'années, la peau du visage grêlée à la hauteur des pommettes. Il n'avait pas quitté son pardessus. La femme était brune elle aussi et portait un manteau de fourrure. Ils achevaient de dîner. La femme fumait des Royales, comme Jacqueline. Contre la banquette où ils étaient assis, une grosse serviette noire et une valise de cuir de la même couleur. Je me demandais s'ils venaient d'arriver à Paris ou bien s'ils en partaient. La femme a dit d'une voix plus claire :

— On pourrait prendre seulement le prochain train.

— C'est quand ?

— À dix heures un quart…

— D'accord, a dit l'homme.

Ils se regardaient tous les deux d'une drôle de manière. Dix heures un quart. C'était à peu près l'heure où Jacqueline me téléphonerait quai de la Tournelle.

L'homme a réglé la note et ils se sont levés. Il a pris la serviette noire et la valise. Ils sont passés devant ma table, mais ils ne m'ont pas prêté la moindre attention.

Le serveur s'est penché vers moi :

— Vous avez choisi ?

Il me désignait le menu.

— C'est la partie du buffet où l'on dîne... Je ne peux pas vous servir une simple consommation...

— J'attends quelqu'un, lui ai-je dit.

À travers la baie vitrée, j'ai vu, tout à coup, l'homme et la femme, sur le trottoir de la rue d'Amsterdam. Elle lui avait pris le bras. Ils sont entrés dans un hôtel, juste un peu plus bas.

Le serveur s'est de nouveau planté devant ma table :

— Il faut que vous vous décidiez, monsieur... je finis mon service...

J'ai consulté ma montre. Huit heures un quart. J'ai préféré rester là plutôt que de déambuler dehors, dans le froid, et j'ai commandé le menu. L'heure de pointe était passée. Ils avaient tous pris leur train de banlieue.

En bas, rue d'Amsterdam, il y avait du monde derrière les vitres du dernier café avant la place de Budapest. La lumière y était plus jaune et plus trouble qu'au café Dante. Je m'étais longtemps demandé pourquoi tous ces gens venaient se perdre dans les parages de Saint-Lazare, jusqu'au jour où j'avais appris que cette zone était l'une des plus basses de Paris. On y glissait sur une pente douce. Le couple de tout à l'heure n'avait pas résisté à cette pente. Ils avaient laissé passer l'heure du train pour échouer dans une chambre où les rideaux étaient noirs, comme à l'hôtel de Lima, mais le papier des murs plus sale et les draps froissés par les personnes qui les avaient précédés. Sur le lit, elle n'ôterait même pas son manteau de fourrure.

J'avais fini de dîner. J'ai posé la valise sur la banquette, à côté de moi, et j'ai pris le couteau dont j'ai essayé d'introduire l'extrémité dans la serrure, mais celle-ci était trop petite. Elle était fixée par des clous que j'aurais pu arracher à l'aide d'une pince. À quoi bon ? J'attendrais d'être avec Jacqueline dans la chambre, quai de la Tournelle.

Je pouvais aussi partir tout seul et ne plus jamais leur donner signe de vie, à elle et à Van Bever. Mes seuls bons souvenirs jusqu'à présent, c'étaient des souvenirs de fuite.

J'ai eu envie de découper une feuille de papier en petits carrés. Et sur chacun des carrés, j'aurais écrit un nom et un lieu :

Jacqueline
Van Bever
Cartaud
Docteur Robbes
160 boulevard Haussmann, 2ᵉ étage
Hôtel de la Tournelle, 65 quai de la Tournelle
Hôtel de Lima, 46 boulevard Saint-Germain
Le Cujas, 22 rue Cujas

Café Dante
Forges-les-Eaux, Dieppe, Bagnoles-de-l'Orne,
Enghien, Luc-sur-Mer, Langrune
Le Havre
Athis-Mons

J'aurais brassé les papiers, comme un jeu de cartes, et je les aurais étalés sur la table. C'était donc ça, ma vie présente ? Tout se limitait donc pour moi, en ce moment, à une vingtaine de noms et d'adresses disparates dont je n'étais que le seul lien ? Et pourquoi ceux-là plutôt que d'autres ? Qu'est-ce que j'avais de commun, moi, avec ces noms et ces lieux ? J'étais dans un rêve où l'on sait que l'on peut d'un moment à l'autre se réveiller, quand des dangers vous menacent. Si je le décidais, je quittais cette table et tout se déliait, tout disparaissait dans le néant. Il ne resterait plus qu'une valise de fer-blanc et quelques bouts de papier où étaient griffonnés des noms et des lieux qui n'auraient plus aucun sens pour personne.

J'ai traversé de nouveau la salle des Pas Perdus, presque déserte et je me suis dirigé vers les quais. J'ai cherché sur le grand panneau la destination du train de vingt-deux heures quinze que devait prendre le couple de tout à l'heure : LE HAVRE. J'avais l'impression que ces trains ne menaient nulle part et que l'on était condamné à déambuler du buffet à la salle des Pas Perdus et de celle-ci à la galerie marchande et aux rues d'alentour. Encore une heure à perdre. Près des lignes de banlieue, je me suis arrêté devant une cabine téléphonique. Retourner au 160 boulevard Haussmann pour remettre la valise à sa place ? Ainsi, tout rentrerait dans l'ordre et je n'aurais rien à me reprocher. Dans la cabine, j'ai consulté l'annuaire, car j'avais oublié le numéro de téléphone du docteur Robbes. Les sonneries se succédaient. Il n'y avait personne dans l'appartement. Téléphoner à Behoust à ce docteur Robbes et lui avouer tout ? Et où pouvaient bien être en ce moment Jacqueline et Cartaud ? J'ai raccroché. Je préférais garder cette valise et la rapporter à Jacqueline car c'était le seul moyen de conserver un contact avec elle.

Je feuilletais l'annuaire. Les rues de Paris défilaient sous mes yeux ainsi que les numéros des immeubles et les noms de leurs occupants. Je suis tombé sur : SAINT-LAZARE (Gare) et j'ai été surpris qu'il y ait, là aussi, des noms :

Police Réseau	Lab 28 42
WAGONS-LITS	Eur 44 46
CAFÉ ROME	Eur 48 30
HÔTEL TERMINUS	Eur 36 80
Coopérative des porteurs	Eur 58 77
Gabrielle Debrie, fleurs,	
Salle des Pas Perdus	Lab 02 47

Galerie des marchands :

1	Bernois	Eur 45 66
5	Biddeloo et Dilley Mmes	Eur 42 48
	Chaussures Geo	Eur 44 63
	CINÉAC	Lab 80 74
19	Bourgeois (Renée)	Eur 35 02
25	Stop poste privée	Eur 45 96
25	*bis* Nono-Nanette	Eur 42 62
27	Discobole (au)	Eur 41 43

Pouvait-on entrer en rapport avec ces gens ? À cette heure-là, Renée Bourgeois était-elle quelque part dans la gare ? Derrière les vitres de l'une des salles d'attente, je n'ai distingué qu'un homme au vieux pardessus marron, affalé sur l'une des banquettes et qui dormait, un journal dépassant de la poche de son pardessus. Bernois ?

Par l'escalier monumental, j'ai rejoint la galerie marchande. Toutes les boutiques étaient fermées. J'entendais le bruit de moteur diesel des taxis, en file d'attente, dans la cour d'Amsterdam. La galerie marchande était éclairée d'une lumière très vive et je craignais brusquement de tomber sur l'un de ces inspecteurs du « Police Réseau » — comme il était écrit dans l'annuaire. Il me demanderait d'ouvrir la valise et je devrais m'enfuir. Ils me rattraperaient facilement et me traîneraient au commissariat de la gare. C'était trop bête.

J'ai pénétré dans le Cinéac et j'ai payé les

deux francs cinquante à la caisse. L'ouvreuse, une blonde aux cheveux courts, a voulu me guider avec sa lampe de poche vers les premiers rangs, mais j'ai préféré m'asseoir au fond de la salle. Les images des actualités se succédaient et le speaker les commentait d'une voix de crécelle que je connaissais bien, la même voix, depuis plus de vingt-cinq ans. Je l'avais entendue l'année précédente au cinéma Bonaparte qui donnait un film de montage de vieilles actualités.

J'avais posé la valise sur le siège, à ma droite. Devant moi, j'ai compté sept silhouettes dispersées, sept personnes seules. Il flottait dans la salle l'odeur tiède d'ozone qui vous saisit lorsque vous marchez sur une grille de métro. Je prêtais à peine attention aux images des événements de la semaine. De quart d'heure en quart d'heure, ces images allaient revenir sur l'écran, intemporelles, comme cette voix aiguë dont je me demandais si elle ne fonctionnait pas grâce à une prothèse.

Les actualités passaient une troisième fois et j'ai regardé ma montre. Neuf heures et demie. Il ne restait plus que deux silhouettes devant moi. Elles s'étaient sans doute endormies. L'ouvreuse occupait un strapontin, contre le mur du fond, près de l'entrée. J'ai entendu claquer le strapontin. Le faisceau de sa lampe de poche a balayé la rangée des sièges qui était à ma hauteur, mais de l'autre côté de la travée. Elle guidait un jeune homme en uniforme. Elle

a éteint sa lampe et ils se sont assis tous les deux.
J'ai surpris quelques mots de leur conversation.
Il devait lui aussi prendre le train du Havre. Il
essayerait de revenir à Paris d'ici quinze jours. Il
lui téléphonerait pour lui dire la date exacte de
son retour. Ils étaient tout près de moi. Seule la
travée nous séparait. Ils parlaient à voix haute,
comme s'ils ignoraient ma présence et celle des
deux silhouettes endormies devant nous. Ils se
sont tus. Ils se tenaient l'un contre l'autre et ils
s'embrassaient. La voix de crécelle commentait
toujours les images sur l'écran : défilé de gré-
vistes, cortège d'un homme d'État étranger à
travers Paris, bombardements... J'aurais aimé
que cette voix s'éteigne pour de bon. La pensée
qu'elle resterait inaltérable à commenter les
catastrophes futures sans la moindre compas-
sion me faisait froid dans le dos. Maintenant
l'ouvreuse se tenait à cheval sur les genoux de
son compagnon. Elle bougeait au-dessus de lui
dans un mouvement saccadé et un crissement
de ressorts. Et bientôt ses soupirs et ses gémis-
sements ont fini par couvrir la voix grêle du
speaker.

Cour de Rome, j'ai fouillé dans ma poche
pour voir s'il me restait assez d'argent. Dix
francs. Je pouvais prendre un taxi. Cela irait
beaucoup plus vite que par le métro : il aurait

fallu que je change à Opéra et que je porte la valise le long des couloirs.

Le chauffeur s'apprêtait à ranger la valise dans le coffre mais je préférais la garder avec moi. Nous avons descendu l'avenue de l'Opéra ct nous avons suivi les quais. Paris était désert cette nuit-là comme une ville que je quittais pour toujours. Arrivé quai de la Tournelle, j'ai craint d'avoir perdu la clé de la chambre, mais elle était bien dans l'une des poches de mon imperméable.

Je suis passé devant le petit comptoir de la réception et j'ai demandé à l'homme qui d'habitude restait là jusqu'à minuit si quelqu'un avait téléphoné pour la chambre trois. Il m'a répondu non, mais il n'était que dix heures moins dix.

J'ai monté l'escalier sans qu'il me pose la moindre question. Peut-être ne faisait-il aucune différence entre Van Bever et moi. Ou bien ne voulait-il plus se préoccuper des allées et venues, dans un hôtel bientôt condamné à la fermeture.

J'ai laissé la porte de la chambre entrebâillée pour bien l'entendre quand il m'appellerait au téléphone. J'ai posé la valise par terre, à plat, et je me suis allongé sur le lit de Jacqueline. L'odeur d'éther était tenace sur l'oreiller. En avait-elle pris, de nouveau ? Est-ce que plus tard cette odeur serait toujours pour moi associée à Jacqueline ?

À partir de dix heures, j'étais anxieux : elle ne

téléphonerait pas et je ne la reverrais plus. Je m'attendais souvent à ce que les gens dont j'avais fait la connaissance disparaissent d'un instant à l'autre sans plus jamais donner de leurs nouvelles. Moi aussi, il m'arrivait de fixer des rendez-vous auxquels je n'allais pas ou même de profiter d'un moment d'inattention de quelqu'un avec qui je marchais dans la rue et de le quitter. Une porte cochère de la place Saint-Michel m'avait souvent été d'une aide précieuse. Une fois qu'on l'avait franchie, on rejoignait par une cour la rue de l'Hirondelle. Et j'avais dressé dans un petit carnet noir la liste de tous les immeubles à double issue...

J'ai entendu la voix de l'homme dans l'escalier : téléphone pour la chambre trois. Il était dix heures un quart et déjà je n'y croyais plus. Elle avait faussé compagnie à Cartaud. Elle était dans le XVIIᵉ arrondissement. Elle m'a demandé si j'avais bien ramené la valise. Je devais rassembler dans un sac de voyage ses vêtements et chercher aussi mes affaires, à l'hôtel de Lima, et ensuite l'attendre au café Dante. Mais il fallait que je quitte le plus vite possible le quai de la Tournelle car c'était le premier endroit où viendrait Cartaud. Elle avait parlé d'une voix très calme comme si tout cela était préparé à l'avance, dans sa tête. J'ai sorti du placard un vieux sac de voyage et j'y ai fourré les deux pantalons, la veste de cuir, les soutiens-gorge, les paires d'espadrilles rouges, le pull-over à col roulé et les quelques objets de toilette qui étaient rangés sur l'étagère du lavabo, parmi lesquels un flacon d'éther. Il ne restait plus que les vêtements de Van Bever. J'ai laissé la lumière allumée pour que le concierge pense que quelqu'un occupait encore la chambre et j'ai refermé la porte. À quelle heure reviendrait Van Bever ? Il pouvait très bien nous rejoindre au café Dante. Avait-elle téléphoné à Forges ou à Dieppe et lui avait-elle dit la même chose qu'à moi ?

J'ai descendu l'escalier sans allumer la minuterie. Je craignais d'attirer l'attention du concierge avec ce sac de voyage et cette valise. Il était penché sur un journal, l'air de faire des mots croisés. Je n'ai pu m'empêcher de le regarder au passage, mais il n'a même pas levé la tête. Quai de la Tournelle, j'avais peur de l'entendre crier derrière moi : Monsieur, monsieur... Revenez tout de suite, s'il vous plaît... Et je m'attendais aussi à voir s'arrêter, à ma hauteur, la voiture de Cartaud. Mais une fois dans la rue des Bernardins, j'ai retrouvé mon calme. Je suis monté très vite dans ma chambre et j'ai rangé dans le sac de Jacqueline les quelques vêtements et les deux livres qu'il me restait.

Puis je suis descendu et j'ai demandé la note. Le concierge de nuit ne m'a posé aucune question. Dehors, sur le boulevard Saint-Germain, j'ai éprouvé l'ivresse habituelle que je sentais monter en moi, chaque fois que je prenais la fuite.

Je me suis assis à la table du fond et j'ai posé la valise à plat sur la banquette. Personne dans la salle. Un seul client était accoudé au zinc. Là-bas, sur le mur, au-dessus des rangées de paquets de cigarettes, les aiguilles de l'horloge marquaient dix heures et demie. À côté de moi, le billard électrique était pour la première fois silencieux. Maintenant, j'étais sûr qu'elle viendrait au rendez-vous.

Elle est entrée, mais son regard ne m'a pas cherché tout de suite. Elle est allée acheter des cigarettes au comptoir. Elle s'est assise sur la banquette. Elle a remarqué la valise, puis elle a posé les coudes sur la table et elle a poussé un long soupir.

— J'ai réussi à le semer, m'a-t-elle dit.

Ils dînaient dans un restaurant proche de la place Pereire, elle, Cartaud et un autre couple. Elle voulait s'enfuir à la fin du repas mais, de la terrasse du restaurant, ils risquaient de la voir marcher vers la station de taxis ou la bouche du métro.

Ils avaient quitté le restaurant et elle avait dû monter en voiture avec eux. Ils l'avaient entraînée, tout près de là, dans le bar d'un hôtel qui s'appelait les Marronniers, pour y boire un dernier verre. Et c'était aux Marronniers qu'elle leur avait faussé compagnie. Une fois à l'air libre, elle m'avait téléphoné d'un café du boulevard de Courcelles.

Elle a allumé une cigarette et elle s'est mise à tousser. Elle a posé sa main sur la mienne, comme je l'avais vue faire avec Van Bever, rue Cujas. Et elle continuait à tousser, de sa mauvaise toux.

Je lui ai pris sa cigarette et je l'ai écrasée dans le cendrier. Elle m'a dit :

— Il faut que nous quittions Paris tous les deux... Vous êtes d'accord ?

Bien sûr que j'étais d'accord.

— Vous aimeriez aller où ? ai-je demandé.

— N'importe où.

La gare de Lyon était toute proche. Il suffisait de suivre le quai jusqu'au Jardin des Plantes et de traverser la Seine. Nous avions touché le fond l'un et l'autre, et le moment était venu de donner un coup de talon dans la vase pour remonter à la surface. Là-bas, aux Marronniers, Cartaud devait commencer à s'inquiéter de l'absence de Jacqueline. Van Bever se trouvait peut-être encore à Dieppe ou à Forges.

— Et Gérard, on ne l'attend pas? lui ai-je demandé.

Elle m'a fait non de la tête et les traits de son visage se sont crispés. Elle allait fondre en larmes. J'ai compris que, si elle voulait que nous partions tous les deux, c'était pour rompre avec une période de sa vie. Et moi aussi, je laissais derrière moi les années grisâtres et incertaines que j'avais vécues jusque-là.

J'ai eu envie de lui dire à nouveau : il faudrait peut-être attendre Gérard. Je me suis tu. Une silhouette au manteau à chevrons resterait figée pour toujours dans l'hiver de cette année-là. Des mots me reviendraient en mémoire : le cinq neutre. Et aussi un homme brun en costume gris que j'avais eu à peine le temps de croiser, sans savoir s'il était dentiste ou non. Et les visages de plus en plus flous de mes parents.

J'ai sorti de la poche de mon imperméable la clé de l'appartement du boulevard Haussmann qu'elle m'avait confiée et je l'ai posée sur la table.

— Qu'est-ce qu'on en fait?

— On la garde en souvenir.

Plus aucun client au comptoir. Dans le silence, autour de nous, j'entendais le grésillement des néons. Ils projetaient une lumière qui tranchait avec le noir des vitres de la terrasse, une lumière trop vive, comme une promesse des printemps et des étés à venir.

— Il faudrait descendre vers le sud...

J'éprouvais du plaisir à prononcer : le sud. Ce soir-là, dans cette salle déserte, sous les néons, la vie n'avait pas encore la moindre pesanteur et il était si facile de prendre la fuite... Minuit passé. Le patron a marché vers notre table pour nous dire que c'était l'heure de fermeture du café Dante.

Dans la valise, nous avons trouvé deux minces liasses de billets de banque, une paire de gants, des livres consacrés à la chirurgie dentaire et une agrafeuse. Jacqueline a semblé déçue par la minceur des liasses.

Avant de rejoindre le sud et Majorque, nous avons décidé de passer par Londres. Nous avons abandonné la valise à la consigne de la gare du Nord.

Nous devions attendre le train plus d'une heure au buffet. J'ai acheté une enveloppe et un timbre et j'ai envoyé le ticket de consigne à Cartaud, au 160 boulevard Haussmann. Un mot y était joint où je promettais de lui rembourser l'argent dans un très proche avenir.

À Londres, ce printemps-là, il fallait être majeur et marié pour descendre dans un hôtel. Nous avons échoué dans une sorte de pension de famille de Bloomsbury où la patronne a fait semblant de nous prendre pour frère et sœur. Elle nous a proposé une pièce qui servait de fumoir ou de salon de lecture et qui était meublée de trois canapés et d'une bibliothèque. Nous ne pouvions y rester que cinq jours, à condition de payer d'avance.

Puis, chacun à notre tour, en nous présentant à la réception comme si nous ne nous connaissions pas, nous avons réussi à obtenir deux chambres au Cumberland, qui dressait sa façade massive sur Marble Arch. Mais de là, aussi, nous sommes partis au bout de trois jours, car ils s'étaient aperçus de la supercherie.

Nous ne savions vraiment pas où dormir. Après Marble Arch, nous avons marché tout droit le long de Hyde Park et nous nous sommes engagés dans Sussex Gardens, une avenue qui montait vers la gare de Paddington. De petits hôtels se succédaient sur le trottoir de gauche. Nous en avons choisi un au hasard, et cette fois-ci, ils ne nous ont même pas demandé nos papiers.

Le doute nous visitait à une heure régulière, la nuit sur le chemin de l'hôtel, avec la perspective de nous retrouver dans la chambre où nous vivions comme des clandestins, tant que le patron nous le permettrait.

Avant de franchir le seuil de l'hôtel, nous faisions les cent pas le long de Sussex Gardens. Ni l'un ni l'autre nous n'avions la moindre envie de rentrer à Paris. Désormais, nous étions interdits de séjour du côté du quai de la Tournelle et du quartier Latin. Bien sûr, Paris est grand, et nous aurions pu changer de quartier sans risquer de rencontrer Gérard Van Bever ou Cartaud. Mais il valait mieux ne pas revenir en arrière.

Combien de temps s'est-il écoulé avant que nous liions connaissance avec Linda, Peter Rachman et Michael Savoundra? Quinze jours peut-être. Quinze jours interminables au cours desquels il pleuvait. Pour échapper à cette chambre aux papiers peints semés de taches de moisissure, nous allions au cinéma. Puis nous marchions et c'était toujours le long d'Oxford Street. Nous arrivions à Bloomsbury, dans la rue de la pension de famille où nous avions passé notre première nuit à Londres. Et de nouveau, nous suivions Oxford Street, en sens inverse.

Nous essayions de retarder le moment du retour à l'hôtel. Nous ne pouvions pas continuer à marcher sous cette pluie. Nous avions toujours la ressource d'assister à une autre séance de cinéma, ou bien d'entrer dans un grand magasin ou un café. Mais ensuite il faudrait bien se résoudre à rejoindre Sussex Gardens.

Une fin d'après-midi où nous nous étions aventurés plus bas, jusqu'à l'autre rive de la Tamise, j'ai senti la panique me gagner. C'était l'heure de pointe : un flot de banlieusards se dirigeait vers la gare et traversait Waterloo Bridge. Nous marchions en sens inverse sur le pont et j'ai craint que nous ne soyons entraînés à contre-courant. Mais nous sommes parvenus à nous dégager. Nous nous sommes assis sur un banc, à Trafalgar Square. Pendant le trajet, nous n'avions pas échangé un seul mot.

— Ça ne va pas ? m'a demandé Jacqueline. Tu es tout pâle...

Elle me souriait. Je sentais bien qu'elle faisait un effort sur elle-même pour garder son sang-froid. La perspective de rentrer à l'hôtel en marchant de nouveau dans la foule d'Oxford Street m'accablait. Je n'osais pas lui demander si elle éprouvait la même appréhension. J'ai dit :

— Tu ne trouves pas que c'est une trop grande ville ?

J'ai essayé de sourire moi aussi. Elle m'observait en fronçant les sourcils.

— C'est une trop grande ville et nous ne connaissons personne...

Ma voix était blanche. Je ne pouvais plus articuler un seul mot.

Elle avait allumé une cigarette. Elle portait sa veste de cuir trop légère et elle toussait un peu, comme à Paris. Je regrettais le quai de la Tournelle, le boulevard Haussmann et la gare Saint-Lazare.

— C'était plus facile à Paris...

Mais j'avais parlé si bas que je me demandais si elle m'avait entendu. Elle était absorbée par ses pensées. Elle avait oublié ma présence. Devant nous, une cabine téléphonique rouge, d'où une femme venait de sortir.

— C'est dommage que nous n'ayons personne à qui téléphoner... lui ai-je dit.

Elle s'est tournée vers moi et elle a posé sa main sur mon bras. Elle avait surmonté le découragement qu'elle avait dû éprouver elle aussi tout à l'heure, quand nous suivions le Strand vers Trafalgar Square.

— Il faut juste un peu d'argent pour aller à Majorque...

C'était son idée fixe depuis que je la connaissais et que j'avais vu l'adresse sur l'enveloppe.

— À Majorque, nous serons tranquilles. Tu
pourras écrire tes livres...

Un jour, je lui avais confié que j'aimerais bien
écrire des livres dans l'avenir, mais nous
n'avions jamais plus évoqué ce sujet. Peut-être y
faisait-elle allusion, maintenant, pour me rassurer. Décidément, elle avait beaucoup plus de
sang-froid que moi.

Je voulais savoir, quand même, par quel
moyen elle comptait trouver de l'argent. Elle ne
s'est pas démontée :

— Il n'y a que dans les villes où l'on peut
trouver de l'argent... Imagine que nous soyons
perdus dans un trou en pleine campagne...

Mais oui, elle avait raison. Brusquement,
Trafalgar Square m'a semblé beaucoup plus ras-
surant. Je regardais l'eau couler des fontaines et
cela m'apaisait. Nous n'étions pas condamnés à
rester dans cette ville et à nous noyer dans la foule
d'Oxford Street. Nous avions un but très simple :
trouver un peu d'argent pour aller à Majorque.
C'était comme la martingale de Van Bever. Il y
avait tant de rues et de carrefours autour de nous
que cela augmentait nos chances et que nous
finirions bien par provoquer un hasard heureux.

Désormais, nous évitions Oxford Street et le
centre et nous marchions toujours vers l'ouest,

vers Holland Park et le quartier de Kensington.

Un après-midi, à la station de métro de
Holland Park, nous avons fait une photomaton.
Nous avons posé en rapprochant nos visages. J'ai
gardé ce souvenir. Le visage de Jacqueline
occupe le premier plan, et le mien, légèrement
en retrait, est coupé par le bord de la photo, si
bien qu'on ne voit pas mon oreille gauche.
Après le flash, nous avons eu un fou rire et elle
voulait rester sur mes genoux dans la cabine.
Puis nous avons suivi l'avenue qui borde
Holland Park, le long des grandes maisons
blanches à portique. Il y avait du soleil pour la
première fois depuis notre arrivée à Londres et
il me semble qu'à partir de cet après-midi-là, le
temps fut toujours beau et chaud, un temps
d'été précoce.

À l'heure du déjeuner, dans un café de Notting Hill Gate, nous avons fait la connaissance d'une certaine Linda Jacobsen. Elle nous a adressé la parole la première. Une fille brune de notre âge, les cheveux longs, des pommettes hautes et des yeux bleus légèrement bridés.

Elle voulait savoir de quelle région de France nous venions. Elle parlait lentement, comme si elle hésitait sur chaque mot, de sorte qu'il était facile de poursuivre avec elle une conversation en anglais. Elle a paru étonnée que nous habitions dans l'un de ces hôtels borgnes de Sussex Gardens. Mais nous lui avons expliqué que nous ne pouvions pas faire autrement car nous étions mineurs tous les deux.

Le lendemain, nous l'avons retrouvée au même endroit et elle s'est assise à notre table. Elle nous a demandé si nous séjournerions longtemps à Londres. À ma grande surprise,

Jacqueline lui a dit que nous comptions y rester plusieurs mois et même y chercher du travail.

— Mais alors vous ne pouvez pas continuer à habiter cet hôtel…

Chaque nuit, nous avions envie de partir, à cause de l'odeur qui flottait dans la chambre, une odeur douceâtre dont j'ignorais si c'était celle des égouts, d'une cuisine ou de la moquette pourrie. Le matin, nous faisions une longue promenade dans Hyde Park pour nous débarrasser de cette odeur qui imprégnait nos vêtements. Elle disparaissait, mais elle revenait dans la journée, et je demandais à Jacqueline :

— Tu sens l'odeur ?

J'étais découragé à la pensée qu'elle nous poursuivrait toute notre vie.

— Ce qui est terrible, lui a dit Jacqueline en français, c'est l'odeur de l'hôtel…

J'ai dû traduire, tant bien que mal. Linda a fini par comprendre. Elle nous a demandé si nous avions un peu d'argent. Des deux minces liasses de la valise, il ne nous en restait qu'une.

— Pas beaucoup, ai-je dit.

Elle nous regardait l'un après l'autre. Elle nous souriait. Chaque fois, j'étais étonné que les gens nous témoignent de la sympathie. Bien plus tard, j'ai retrouvé, au fond d'une boîte à chaussures remplie de vieilles lettres, la photomaton de Holland Park et j'ai été frappé par la candeur de nos visages. Nous inspirions confiance. Et nous n'en avions aucun mérite, sauf celui que la jeunesse accorde pour très peu de temps à n'importe qui, comme un vague serment qui ne sera jamais tenu.

— J'ai un ami qui pourrait vous aider, nous a dit Linda. Je vous le présenterai demain.

Elle lui donnait souvent rendez-vous dans ce café. Elle habitait tout près d'ici et lui, son ami, il avait ses bureaux un peu plus haut sur Westbourne Grove, l'avenue des deux cinémas que nous fréquentions, Jacqueline et moi. Nous y allions à la dernière séance, pour retarder notre retour à l'hôtel, et peu nous importait d'y voir chaque soir les mêmes films.

Le lendemain, vers midi, nous étions en compagnie de Linda quand Peter Rachman est entré dans le café. Il s'est assis à notre table, sans même nous dire bonjour. Il fumait un cigare dont il répandait la cendre sur les revers de sa veste.

J'ai été surpris par son physique : il m'a paru vieux, mais il n'avait pas plus d'une quarantaine d'années. Il était de taille moyenne, très corpulent, le visage rond, le front et le crâne dégarnis et il portait des lunettes d'écaille. Ses mains d'enfant contrastaient avec sa forte carrure.

Linda lui exposait notre cas, mais elle parlait trop vite pour que je puisse comprendre. Il fixait ses petits yeux plissés sur Jacqueline. De temps en temps, il tirait une bouffée nerveuse de son cigare et il soufflait la fumée au visage de Linda.

Elle s'est tue et il nous a lancé un sourire à Jacqueline et à moi. Pourtant, ses yeux restaient froids. Il m'a demandé quel était le nom de l'hôtel où nous habitions à Sussex Gardens. Je le lui ai dit : le Radnor. Il a éclaté d'un rire bref :

— Il ne faut pas payer la note… C'est moi qui suis le propriétaire… Vous direz au concierge, de ma part, que pour vous, c'est gratuit…

Il s'est tourné vers Jacqueline :

— Est-il possible qu'une aussi jolie femme vive au Radnor ?

Il s'était efforcé de prendre un ton mondain et cela le faisait pouffer de rire.

— Vous travaillez dans l'hôtellerie ?

Il n'a pas répondu à ma question. De nouveau, il a soufflé la fumée de son cigare au visage de Linda. Il a haussé les épaules.

— Don't worry…

Il répétait cette phrase à de nombreuses reprises et il se l'adressait à lui-même. Il s'est levé pour aller téléphoner. Linda a senti que nous étions un peu déconcertés et elle a bien voulu nous donner quelques explications. Ce Peter Rachman s'occupait d'achats et de reventes d'immeubles. Immeubles était un bien grand mot puisqu'il s'agissait d'habitations vétustes et même de taudis dont la plupart se trouvaient aux alentours, dans les quartiers de Bayswater et de Notting Hill. Elle ne comprenait pas grand-chose à ses affaires. Mais, sous ses apparences brutales, c'était — elle tenait à nous le dire tout de suite — un assez chic type.

La Jaguar de Rachman était garée un peu plus loin. Linda est montée sur le siège avant. Elle s'est tournée vers nous :

— Vous pouvez venir habiter chez moi en attendant que Peter vous trouve un autre endroit...

Il a démarré et il longeait Kensington Gardens. Puis il s'est engagé dans Sussex Gardens. Il s'est arrêté devant l'hôtel Radnor.

— Allez faire vos valises, nous a-t-il dit. Et surtout, ne payez pas la note...

Il n'y avait personne à la réception. J'ai décroché la clé de notre chambre. Depuis que nous habitions ici, nous laissions nos vêtements dans le sac de voyage. Je l'ai pris et nous sommes redescendus aussitôt. Rachman faisait les cent pas devant l'hôtel, le cigare à la bouche et les mains dans les poches de sa veste.

— Contents de quitter le Radnor ?

Il a ouvert le coffre arrière de la Jaguar et j'y ai rangé le sac de voyage. Avant de démarrer, il a dit à Linda :

— Je dois passer un moment au Lido. Après, je vous ramène...

Je sentais encore l'odeur douceâtre de l'hôtel et je me suis demandé au bout de combien de jours elle disparaîtrait définitivement de nos vies.

Le Lido était un établissement de bains à Hyde Park, le long de la Serpentine. Rachman a pris quatre billets d'entrée au guichet.

— C'est drôle... Ça ressemble à la piscine Deligny, ai-je dit à Jacqueline.

Mais, après l'entrée, nous avons débouché sur une sorte de plage fluviale au bord de laquelle étaient disposées quelques tables à parasol. Rachman en a choisi une, à l'ombre. Il avait toujours son cigare à la bouche. Nous nous sommes assis. Il s'épongeait le front et le cou avec un grand mouchoir blanc. Il s'est tourné vers Jacqueline :

— Vous vous baignez si vous voulez...

— Je n'ai pas de maillot, a dit Jacqueline.

— Ça peut se trouver... j'envoie quelqu'un vous chercher un maillot...

— Ce n'est pas la peine, a dit Linda d'une voix sèche. Elle n'a pas envie de se baigner.

Rachman a baissé la tête. Il continuait de s'éponger le front et le cou.

— Vous voulez boire un rafraîchissement ? a-t-il proposé.

Puis, à l'adresse de Linda :

— J'ai rendez-vous avec Savoundra ici.

Ce nom m'évoquait une silhouette exotique et je m'attendais à voir s'approcher de notre table une femme hindoue vêtue d'un sari.

Mais ce fut un homme blond d'une trentaine d'années qui agita le bras dans notre direction et vint taper sur l'épaule de Rachman. Il se présenta à Jacqueline et à moi :

— Michael Savoundra.

Linda lui dit que nous étions français.

Il alla prendre l'une des chaises de la table voisine et s'assit à côté de Rachman.

— Alors? Quoi de neuf? lui demanda Rachman en le fixant de ses petits yeux froids.

— J'ai encore travaillé sur le scénario... On verra bien...

— Oui... comme vous dites, on verra bien.

Rachman avait pris un ton méprisant. Savoundra croisait les bras et son regard s'attardait sur Jacqueline et sur moi.

— Vous êtes depuis longtemps à Londres? a-t-il demandé en français.

— Depuis trois semaines, lui ai-je dit.

Il avait l'air très intéressé par Jacqueline.

— J'ai vécu à Paris quelque temps, a-t-il dit dans son français hésitant. À l'hôtel de la Louisiane, rue de Seine... J'ai essayé de faire un film à Paris...

— Malheureusement, ça n'a pas marché, a dit Rachman de sa voix méprisante, et j'ai été étonné qu'il ait compris la phrase en français.

Il y eut un instant de silence.

— Mais je suis sûr que ça va marcher cette fois-ci, a dit Linda. N'est-ce pas, Peter?

Rachman a haussé les épaules. Savoundra, gêné, a demandé à Jacqueline, toujours en français :

— Vous habitez Paris ?

— Oui, ai-je dit sans laisser à Jacqueline le temps de répondre. Pas très loin de l'hôtel de la Louisiane.

Jacqueline a croisé mon regard. Elle m'a fait un clin d'œil. Une envie subite m'a pris d'être devant l'hôtel de la Louisiane, de rejoindre la Seine et de longer les boîtes des bouquinistes jusqu'au quai de la Tournelle. Pourquoi ce brusque regret de Paris ?

Rachman a posé une question à Savoundra et il lui répondait de manière très volubile. Linda intervenait dans la conversation. Mais je ne faisais plus d'efforts pour les comprendre. Et je voyais bien que Jacqueline non plus ne prêtait aucune attention à leurs paroles. C'était le moment de la journée où il nous arrivait souvent de nous assoupir, car nous dormions mal dans cet hôtel Radnor, à peine quatre ou cinq heures par nuit. Et comme nous sortions tôt le matin et que nous rentrions le plus tard possible, nous faisions la sieste sur les pelouses de Hyde Park.

Ils continuaient de parler. De temps en temps, Jacqueline fermait les yeux et moi aussi, je craignais de m'endormir. Mais nous nous lancions chacun de petits coups de pied sous la table lorsque nous sentions que l'un de nous allait sombrer dans le sommeil.

J'ai dû m'assoupir quelques instants. Le murmure de leur conversation se mêlait à des rires et des cris de plage, des bruits de plongeons. Où étions-nous ? Au bord de la Marne ou du lac d'Enghien ? Cet endroit ressemblait à un autre Lido, celui de Chennevières et au Sporting de La Varenne. Ce soir, nous retournerions à Paris, Jacqueline et moi, par le train de Vincennes.

Quelqu'un me donnait une grande tape sur l'épaule. C'était Rachman.

— Fatigué ?

En face de moi, Jacqueline s'efforçait de garder les yeux grands ouverts.

— Vous ne deviez pas beaucoup dormir dans mon hôtel, a dit Rachman.

— Vous étiez où ? a demandé Savoundra en français.

— Dans un endroit beaucoup moins confortable que l'hôtel de la Louisiane, lui ai-je dit.

— Heureusement que je les ai rencontrés, a dit Linda. Ils vont venir habiter chez moi...

J'avais envie de savoir pourquoi ils nous témoignaient tant de sollicitude. Le regard de Savoundra était toujours fixé sur Jacqueline, mais elle l'ignorait, ou bien elle feignait de ne pas le remarquer. Lui, je lui trouvais une ressemblance avec un acteur américain dont je cherchais le nom. Mais oui. Joseph Cotten.

— Vous verrez, a dit Linda. Vous serez très bien installés chez moi...

— De toute façon, a dit Rachman, ce ne sont

pas les appartements qui manquent. Je peux vous en prêter un, à partir de la semaine prochaine...

Savoundra nous observait avec curiosité. Il s'est tourné vers Jacqueline :

— Vous êtes frère et sœur ? a-t-il demandé en anglais.

— Vous n'avez pas de chance, Michael, a dit Rachman d'une voix glaciale. Ils sont mari et femme.

À la sortie du Lido, Savoundra nous a serré la main.

— J'espère vous revoir très vite, a-t-il dit en français.

Puis il a demandé à Rachman s'il avait lu son scénario.

— Pas encore. Il me faut du temps. Je sais à peine lire...

Et il éclatait de son rire bref, les yeux toujours aussi froids derrière ses lunettes d'écaille.

Pour dissiper la gêne, Savoundra s'est adressé à Jacqueline et à moi :

— J'aimerais beaucoup que vous lisiez ce scénario. Il y a des scènes qui se passent à Paris et vous pourriez corriger les fautes de français.

— Bonne idée, a dit Rachman. Qu'ils le lisent... Comme ça, ils me feront un résumé...

Savoundra s'était éloigné le long d'une allée

de Hyde Park et de nouveau nous étions assis sur la banquette arrière de la Jaguar de Rachman.

— C'est bien, son scénario ? ai-je demandé.

— Oh oui... Je suis sûre que ça doit être très bien, a dit Linda.

— Vous pouvez le prendre, a dit Rachman. Il est par terre.

En effet, il y avait un dossier beige au pied de la banquette arrière. Je l'ai ramassé et je l'ai posé sur mes genoux.

— Il voudrait que je lui donne trente mille livres pour faire son film, a dit Rachman. C'est beaucoup pour un scénario que je ne lirai jamais...

Nous étions revenus dans le quartier de Sussex Gardens. J'ai eu peur qu'il nous raccompagne à l'hôtel et, de nouveau, j'ai senti l'odeur douceâtre du couloir et de la chambre. Mais il continuait à rouler vers Notting Hill. Il a tourné à droite, en direction de l'avenue où se trouvaient les cinémas et il s'est engagé dans une rue bordée d'arbres et de maisons blanches à portique. Il s'est arrêté devant l'une d'elles.

Nous sommes sortis de la voiture avec Linda. Rachman est resté au volant. J'ai pris le sac de voyage dans le coffre et Linda a ouvert la porte en fer forgé. Un escalier très raide. Linda nous précédait. Deux portes sur le palier. Linda a ouvert celle de gauche. Une chambre aux murs blancs. Ses fenêtres donnaient sur la rue. Aucun meuble. Un grand matelas à même le sol. La pièce voisine était une salle de bains.

— Vous serez bien ici, a dit Linda.

Par la fenêtre, je voyais l'auto noire de Rachman au milieu d'une flaque de soleil.

— Vous êtes très gentille, lui ai-je dit.

— Mais non… C'est Peter… Ça lui appartient… Il a des tas d'appartements…

Elle a voulu nous montrer sa chambre. On y accédait par l'autre porte, sur le palier. Des vêtements et des disques traînaient sur le lit et le parquet. Une odeur flottait, aussi pénétrante que celle de l'hôtel Radnor mais plus douce : l'odeur du chanvre indien.

— Ne faites pas attention, a dit Linda. C'est toujours le désordre dans ma chambre…

Rachman était sorti de la voiture et se tenait devant l'entrée de la maison. De nouveau, il s'épongeait le front et le cou avec son mouchoir blanc.

— Vous avez sans doute besoin d'argent de poche ?

Et il nous tendait une enveloppe bleu ciel. J'étais sur le point de lui dire que nous n'en avions pas besoin, mais Jacqueline, sans la moindre gêne, a pris l'enveloppe.

— Je vous remercie beaucoup, a-t-elle dit comme si la chose allait de soi. Nous vous rembourserons le plus vite possible.

— Je l'espère bien, a dit Rachman. Avec les

112

intérêts en plus… Et de toute façon, vous me rembourserez en nature…

Il pouffait de rire.

Linda me présentait un petit trousseau de clés.

— Il y en a deux, a-t-elle dit. L'une pour la porte de la rue, l'autre pour l'appartement.

Ils sont montés dans la voiture. Et avant que Rachman démarre, Linda a baissé la vitre de la portière :

— Je vous donne l'adresse de l'appartement, si vous vous perdiez…

Elle l'a écrite au dos de l'enveloppe bleu ciel : 22 Chepstow Villas.

De retour dans la chambre, Jacqueline a ouvert l'enveloppe. Elle contenait cent livres.

— Nous n'aurions pas dû accepter cet argent, lui ai-je dit.

— Mais si… Nous en avons besoin pour aller à Majorque…

Elle se rendait compte que je n'étais pas convaincu.

— Il nous faut à peu près vingt mille francs pour trouver une maison et vivre à Majorque… Une fois que nous serons là-bas, nous n'aurons plus besoin de personne…

Elle est entrée dans la salle de bains. J'ai entendu couler l'eau dans la baignoire.

— C'est merveilleux, m'a-t-elle dit. Je n'avais pas pris un bain depuis si longtemps…

J'étais allongé sur le matelas. Je faisais des efforts pour ne pas m'endormir. Je l'entendais se baigner. À un moment, elle m'a dit :

— Tu verras comme c'est agréable, l'eau chaude…

Dans le lavabo de notre chambre, à l'hôtel Radnor, il ne coulait qu'un mince filet d'eau froide.

L'enveloppe bleu ciel était posée à côté de moi sur le matelas. Une douce torpeur me gagnait qui faisait fondre mes scrupules.

Vers sept heures du soir, nous avons été réveillés par une musique jamaïcaine qui venait de la chambre de Linda. Avant que nous descendions l'escalier, j'ai frappé à sa porte. Je sentais l'odeur de chanvre indien.

Elle a ouvert, au bout d'un long moment. Elle portait un peignoir d'éponge rouge. Elle a passé sa tête dans l'embrasure de la porte :

— Excusez-moi… Je suis avec quelqu'un…

— C'était juste pour vous souhaiter une bonne soirée, a dit Jacqueline.

Linda a hésité, puis elle s'est décidée à parler :

— Je peux vous faire confiance ? Quand nous verrons Peter, il ne faut pas qu'il sache que je reçois quelqu'un ici… Il est très jaloux… La dernière fois, il est venu à l'improviste et il a failli tout casser et me jeter par la fenêtre.

— Et s'il vient ce soir? ai-je dit.

— Il s'est absenté pendant deux jours. Il est allé au bord de la mer, à Blackpool, acheter de vieilles baraques.

— Pourquoi est-il si gentil avec nous? a demandé Jacqueline.

— Peter aime beaucoup les jeunes. Il ne voit pratiquement pas de personnes de son âge. Il n'aime que les jeunes...

Une voix d'homme l'appelait, une voix très sourde que la musique étouffait presque.

— Excusez-moi... À bientôt... Et faites comme chez vous...

Elle a souri et elle a refermé la porte. La musique a joué plus fort et nous l'entendions encore, de loin, dans la rue.

— Ça m'a l'air quand même d'un type bizarre, ce Rachman, ai-je dit à Jacqueline.

Elle a haussé les épaules.

— Moi, il ne me fait pas peur...

C'était comme si elle avait déjà connu des hommes de ce genre et qu'elle le jugeait tout à fait inoffensif.

— En tout cas, il aime les jeunes...

J'avais prononcé cette phrase d'un ton lugubre qui l'a fait rire. Le soir était tombé. Elle m'avait pris le bras et je ne voulais plus me poser de questions ni m'inquiéter pour l'avenir. Nous marchions vers Kensington à travers de petites rues calmes et provinciales. Un taxi est passé et Jacqueline a levé le bras pour l'arrêter. Elle a donné l'adresse d'un restaurant italien, du côté de Knightsbridge, qu'elle avait repéré au cours de nos promenades en pensant que nous irions dîner là, quand nous serions riches.

L'appartement était silencieux et aucune lumière ne filtrait plus à la porte de Linda. Nous avons entrouvert la fenêtre. Pas un bruit dans la rue. En face, sous les feuillages des arbres, une cabine téléphonique rouge et vide était éclairée.

Cette nuit-là, nous avions l'impression d'habiter l'appartement depuis longtemps. J'avais laissé par terre le scénario de Michael Savoundra. Je me suis mis à le lire. Son titre était *Blackpool Sunday*. Les deux héros, une fille et un garçon de vingt ans, erraient dans la banlieue de Londres. Ils fréquentaient le Lido au bord de la Serpentine et la plage de Blackpool au mois d'août. Ils étaient d'origine modeste et parlaient avec l'accent cockney. Puis ils quittaient l'Angleterre. On les retrouvait à Paris et ensuite dans une île de la Méditerranée qui pouvait être Majorque et où ils vivaient enfin la « vraie vie ». À mesure que j'avançais dans ma lecture, je résumais l'intrigue à Jacqueline. Le désir de Savoundra, tel qu'il l'exposait en préambule, était de tourner ce film comme un documentaire en choisissant un garçon et une fille qui ne fussent pas des acteurs professionnels.

Je me rappelais qu'il m'avait proposé de corriger les fautes de français, dans la partie du scénario où il était question de Paris. Il y en avait quelques-unes et quelques erreurs aussi, très minimes, concernant les rues du quartier de Saint-Germain-des-Prés. Au fil des pages, j'imaginais des détails à ajouter, ou bien d'autres à modifier. Je souhaitais en faire part à Savoundra et peut-être, s'il le voulait bien, travailler avec lui à *Blackpool Sunday*.

Les jours suivants, je n'ai pas eu l'occasion de revoir Michael Savoundra. La lecture de *Blackpool Sunday* m'avait soudain donné l'envie d'écrire une histoire. Un matin, je me suis réveillé très tôt et j'ai fait le moins de bruit possible pour ne pas interrompre le sommeil de Jacqueline qui se prolongeait d'habitude jusqu'à midi.

J'ai acheté un bloc de papier à lettres dans un magasin de Notting Hill Gate. Puis j'ai continué à marcher tout droit le long de Holland Park Avenue, dans une matinée d'été. Oui, pendant notre séjour à Londres, nous étions au cœur de l'été. Ainsi, le souvenir que je garde de Peter Rachman, c'est une silhouette noire et massive, à contre-jour, au bord de la Serpentine. Je ne distingue pas les traits de son visage, tant le contraste est net entre l'ombre et le soleil. Éclats de rire. Bruits de plongeons. Et ces voix de plage à la sonorité limpide et lointaine, sous l'effet du soleil et de la brume de chaleur. La voix de Linda. La voix de Michael Savoundra qui demande à Jacqueline :

— Vous êtes à Londres depuis longtemps ?

Je me suis assis dans une cafétéria proche de Holland Park. Je n'avais pas la moindre idée de l'histoire que je voulais raconter. Il me semblait que je devais aligner plusieurs phrases au hasard. C'était comme amorcer une pompe ou mettre en marche un moteur grippé.

À mesure que j'écrivais les premiers mots, je me rendais compte de l'influence qu'exerçait sur moi *Blackpool Sunday*. Mais peu importait que le scénario de Savoundra me serve de tremplin. Les deux héros arrivent à la gare du Nord, un soir d'hiver. Ils sont à Paris pour la première fois de leur vie. Ils marchent longtemps dans ce quartier, à la recherche d'un hôtel. Ils en trouvent un sur le boulevard de Magenta dont le concierge accepte de les accueillir : l'hôtel d'Angleterre et de Belgique. À l'hôtel voisin, celui de Londres et d'Anvers, on leur a refusé une chambre sous le prétexte qu'ils sont mineurs.

Ils ne quittent pas le quartier, comme s'ils avaient peur de s'aventurer plus loin. Le soir, dans le café au coin des rues de Compiègne et de Dunkerque, juste en face de la gare du Nord, ils sont assis à la table voisine de celle d'un couple étrange, les Charell, dont on se demande ce qu'ils peuvent bien faire par ici : elle, une femme blonde d'allure très élégante, et lui, un brun qui parle d'une voix douce. Le couple les invite dans un appartement, boulevard de Magenta, pas très loin de leur hôtel. Les chambres sont dans la pénombre. Mme Charell leur verse à boire un alcool...

Je me suis arrêté là. Trois pages et demie. Les deux héros de *Blackpool Sunday*, à leur arrivée à Paris, se retrouvent tout de suite à Saint-Germain-des-Prés, hôtel de la Louisiane. Et moi, je les empêchais de traverser la Seine et les laissais s'enliser et se perdre au fond du quartier de la gare du Nord.

Les Charell n'existaient pas dans le scénario. Encore une liberté de ma part. J'avais hâte d'écrire la suite, mais j'étais encore trop novice et trop paresseux pour me concentrer plus d'une heure et pour rédiger plus de trois pages par jour.

Chaque matin, j'allais écrire près de Holland Park et je n'étais plus à Londres mais devant la gare du Nord et je marchais le long du boulevard de Magenta. Aujourd'hui, trente ans plus tard, à Paris, j'essaye de m'évader de ce mois de juillet de dix-neuf cent quatre-vingt-quatorze vers cet autre été où la brise caressait doucement les feuillages des arbres de Holland Park. Les contrastes de l'ombre et du soleil étaient si forts que je n'en ai plus jamais connu de semblables.

J'avais réussi à me délivrer de l'influence de *Blackpool Sunday*, mais j'étais reconnaissant à Michael Savoundra d'avoir provoqué chez moi une sorte de déclic. J'ai demandé à Linda si je pouvais le rencontrer. Nous nous sommes réunis un soir, lui, Jacqueline, Linda et moi, au Rio à Notting Hill, un endroit fréquenté par des Jamaïcains. Ce soir-là, nous étions les seuls Blancs, mais Linda connaissait bien le café. C'était là, je crois, qu'elle se procurait le chanvre indien dont l'odeur imprégnait les murs de l'appartement.

J'ai dit à Savoundra que j'avais corrigé les fautes de français dans la partie de son scénario qui se déroulait à Saint-Germain-des-Prés. Il était inquiet. Il se demandait si Rachman allait lui donner de l'argent et s'il ne valait pas mieux se mettre en rapport avec des producteurs à Paris. Eux, ils étaient prêts à faire confiance à des «jeunes»…

— Mais il paraît que Rachman aussi aime les jeunes, lui ai-je fait remarquer.

Et j'ai regardé Jacqueline, qui m'a souri. Linda a répété d'un air pensif :

— C'est vrai… Il aime les jeunes…

Un Jamaïcain d'une trentaine d'années, de petite taille, l'allure d'un jockey, est venu s'asseoir à côté d'elle. Il lui entourait l'épaule de son bras. Elle nous l'a présenté :

— Edgerose…

J'ai retenu son nom, à travers toutes ces années. Edgerose. Il nous a dit qu'il était enchanté de nous rencontrer. J'ai reconnu la voix sourde de celui qui appelait Linda, derrière la porte, dans sa chambre.

Et au moment où Edgerose m'expliquait qu'il était musicien et qu'il revenait d'une tournée en Suède, Peter Rachman a fait son apparition. Il marchait vers notre table, le regard trop fixe derrière ses lunettes d'écaille. Linda a eu un mouvement de surprise.

Il s'est planté devant elle, et lui a donné une gifle du revers de la main.

Edgerose s'est levé et a saisi la joue gauche de Rachman entre pouce et index. Rachman a fait un mouvement de la tête pour se dégager et il a perdu ses lunettes d'écaille. Savoundra et moi essayions de les séparer. Les autres clients jamaïcains entouraient déjà notre table. Jacqueline gardait son sang-froid et semblait totalement indifférente à cette scène. Elle avait allumé une cigarette.

Edgerose tenait Rachman par la joue et le tirait vers la sortie, comme un professeur qui expulse de la classe un élève récalcitrant. Rachman tentait de lui échapper et, d'un geste brusque du bras gauche, il lui a envoyé un coup de poing sur le nez. Edgerose a lâché prise. Rachman a ouvert la porte du café et il se tenait immobile, au milieu du trottoir.

Je l'ai rejoint et je lui ai tendu ses lunettes d'écaille que j'avais ramassées par terre. Il était très calme, brusquement. Il se caressait la joue.

— Merci, mon vieux, m'a-t-il dit. Ça ne vaut pas la peine de se faire du souci pour des putains anglaises...

Il avait sorti de la poche de sa veste son mouchoir blanc et essuyait soigneusement les verres de ses lunettes. Puis il ajustait celles-ci, d'un geste cérémonieux, ses deux mains serrant leurs branches.

Il est monté dans la Jaguar. Avant de démarrer, il a baissé la vitre :

— La seule chose que je vous souhaite, mon vieux, c'est que votre fiancée ne soit pas comme toutes ces putains anglaises...

Autour de la table, ils gardaient le silence. Linda et Michael Savoundra semblaient soucieux. Edgerose fumait tranquillement une cigarette. Il avait une goutte de sang sur l'une de ses narines.

— Peter va être d'une humeur de chien, a dit Savoundra.

— Ça durera quelques jours, a dit Linda en haussant les épaules. Et ça passera.

Nous avons échangé un regard, Jacqueline et moi. J'ai senti que nous nous posions les mêmes questions : est-ce qu'il fallait encore habiter Chepstow Villas ? Et que faisions-nous au juste en compagnie de ces trois personnes ? Des amis jamaïcains d'Edgerose venaient le saluer et il y avait de plus en plus de monde et de bruit dans ce café. En fermant les yeux, on aurait pu se croire au café Dante.

Michael Savoundra a tenu à nous accompagner un bout de chemin. Nous avions laissé Linda, Edgerose et leurs amis qui finissaient par nous ignorer, comme si nous étions des intrus.

Savoundra marchait entre Jacqueline et moi.

— Vous devez regretter Paris, a-t-il dit.

— Pas vraiment, a dit Jacqueline.

— Moi, c'est différent, lui ai-je dit. Chaque matin, je suis à Paris.

Et je lui ai expliqué que je travaillais à un roman et que le début de celui-ci se passait dans le quartier de la gare du Nord.

— Je me suis inspiré de *Blackpool Sunday*, lui ai-je avoué. C'est aussi l'histoire de deux jeunes gens…

Mais il n'a pas semblé m'en tenir rigueur. Il nous a considérés, l'un et l'autre.

— C'est votre histoire à tous les deux ?

— Pas tout à fait, ai-je dit.

Il était soucieux. Il se demandait si ses affaires allaient s'arranger avec Rachman. Celui-ci était capable de donner les trente mille livres en liquide demain matin dans une valise, sans avoir lu le scénario. Ou bien de lui dire non, en lui soufflant une bouffée de son cigare au visage.

D'après lui, la scène à laquelle nous avions assisté tout à l'heure se reproduisait souvent. Au fond, ça amusait Rachman. C'était un moyen de se distraire de sa neurasthénie. On aurait pu écrire un roman sur sa vie. Rachman était arrivé à Londres juste après la guerre parmi d'autres réfugiés qui venaient de l'Est. Il était né quelque part aux lisières confuses de l'Autriche-Hongrie, de la Pologne et de la Russie, dans l'une de ces petites villes de garnison qui ont changé plusieurs fois de nom.

— Vous devriez lui poser des questions, m'a dit Savoundra. Peut-être vous répondra-t-il, à vous…

Nous étions arrivés à Westbourne Grove. Savoundra a hélé un taxi qui passait :

— Vous ne m'en voulez pas si je ne vous raccompagne pas jusqu'au bout… Mais je suis mort de fatigue…

Avant de s'engouffrer dans le taxi, il a écrit sur un paquet de cigarettes vide son adresse et son numéro de téléphone. Il comptait bien que je lui donne de mes nouvelles le plus vite possible, pour que nous voyions ensemble mes corrections de *Blackpool Sunday*.

Nous étions de nouveau seuls, tous les deux.

— On pourrait faire une promenade avant de rentrer, ai-je dit à Jacqueline.

Qu'est-ce qui nous attendait à Chepstow Villas ? Rachman jetant les meubles de l'appartement par la fenêtre, comme nous l'avait raconté Linda ? Ou peut-être faisait-il le guet pour la surprendre, elle et ses amis jamaïcains.

Nous sommes arrivés devant un square dont j'ai oublié le nom. Il était proche de l'appartement et souvent j'ai consulté un plan de Londres à sa recherche. Était-ce Ladbroke Square, ou alors se situait-il plus loin, du côté de

Bayswater? Les façades des maisons qui le bordaient étaient obscures et si l'on avait éteint les lampadaires, cette nuit-là, nous aurions pu nous guider à la clarté de la pleine lune.

On avait oublié une clé dans la serrure de la petite porte grillagée. Je l'ai ouverte, nous avons pénétré dans le square et j'ai donné un tour de clé, de l'intérieur. Nous étions enfermés ici et personne ne pouvait plus venir. Une fraîcheur nous a saisis, comme si nous nous engagions sur un chemin forestier. Les feuillages des arbres étaient si touffus au-dessus de nous qu'ils laissaient à peine passer les rayons de lune. L'herbe n'avait pas été coupée depuis longtemps. Nous avons découvert un banc de bois autour duquel on avait semé du gravier. Nous nous sommes assis. Mes yeux s'habituaient à la pénombre et je distinguais, au milieu du square, un socle sur lequel se dressait la silhouette d'un animal abandonné là et dont je me demandais si c'était une lionne ou un jaguar, ou tout simplement un chien.

— On est bien ici, m'a dit Jacqueline.

Elle a appuyé sa tête contre mon épaule. Les feuillages des arbres cachaient les maisons autour du square. Nous ne sentions plus la chaleur étouffante qui depuis quelques jours écrasait Londres, cette ville où il suffisait de tourner le coin d'une rue pour déboucher dans une forêt.

Oui, comme le disait Savoundra, j'aurais pu écrire un roman sur Rachman. Une phrase qu'il avait lancée en plaisantant à Jacqueline, le premier jour, m'avait inquiété :

— Vous me rembourserez en nature...

C'était lorsqu'elle avait pris l'enveloppe qui contenait les cent livres. Un après-midi, je m'étais promené seul, du côté de Hampstead, car Jacqueline voulait faire des courses avec Linda. J'étais de retour à l'appartement vers sept heures du soir. Jacqueline était seule. Une enveloppe traînait sur le lit, de la même couleur bleu ciel et du même format que la première, mais celle-ci contenait trois cents livres. Jacqueline paraissait gênée. Elle avait attendu Linda tout l'après-midi, mais Linda n'était pas venue. Rachman était passé. Lui aussi avait attendu Linda. Il lui avait donné cette enveloppe qu'elle avait acceptée. Et moi, je m'étais dit, ce soir-là, qu'elle l'avait remboursé en nature.

Il flottait une odeur de Synthol dans la chambre. Rachman gardait toujours sur lui un flacon de ce remède. Par les confidences de Linda, j'avais appris quelles étaient ses habitudes. Quand il dînait au restaurant, il emportait ses propres couverts et il visitait les cuisines avant le repas pour vérifier si elles étaient propres. Il se baignait trois fois par jour et se frictionnait au Synthol. Dans les cafés, il commandait une bouteille d'eau minérale qu'il exigeait d'ouvrir lui-même, et il buvait au goulot pour éviter que ses lèvres ne se posent sur un verre qui aurait été mal lavé.

Il entretenait des filles beaucoup plus jeunes que lui et les installait dans des appartements semblables à celui de Chepstow Villas. Il leur rendait visite l'après-midi et, sans se déshabiller, sans aucun préliminaire, en exigeant qu'elles lui tournent le dos, il les prenait très vite, d'une manière froide et mécanique, comme s'il se brossait les dents. Ensuite, il faisait une partie d'échecs avec elles, sur un petit échiquier qu'il transportait toujours dans sa serviette noire.

Désormais, nous étions seuls dans l'appartement. Linda avait disparu. La nuit, nous n'entendions plus la musique jamaïcaine et les rires. Nous étions un peu dépaysés car nous avions pris l'habitude de ce rai de lumière qui filtrait au bas de la porte de Linda. J'ai essayé, à plusieurs reprises, de téléphoner à Michael Savoundra, mais les sonneries se succédaient sans que personne ne réponde.

C'était comme si nous ne les avions jamais rencontrés. Ils s'étaient évanouis dans la nature et nous, nous finissions par ne plus très bien nous expliquer notre présence dans cette chambre. Nous avions même le sentiment de nous y être introduits par effraction.

Le matin, j'écrivais une ou deux pages de mon roman et je passais au Lido, pour voir si Peter Rachman ne serait pas assis à la même table que l'autre fois, sur la plage, au bord de la Serpentine. Mais non. Et l'homme du guichet que j'avais interrogé ne connaissait pas de Peter Rachman. Je me suis rendu au domicile de Michael Savoundra, à Walton Street. J'ai sonné en vain et je suis entré dans la pâtisserie du rez-de-chaussée qui portait sur son enseigne le nom d'un certain Justin de Blancke. Pourquoi ce nom m'est-il resté en mémoire? Ce Justin de Blancke lui non plus ne pouvait pas me renseigner. Il connaissait vaguement Savoundra, de vue. Oui, un blond qui ressemblait à Joseph Cotten. Mais, à son avis, il ne devait pas être souvent ici.

Nous avons marché, Jacqueline et moi, jusqu'au Rio, tout au bout de Notting Hill, et nous avons demandé à celui des Jamaïcains qui était le patron des nouvelles d'Edgerose et de Linda. Il nous a répondu qu'il n'en avait pas depuis plusieurs jours, et lui et les clients avaient l'air de se méfier de nous.

Un matin que je sortais de la maison, comme d'habitude, avec mon bloc de papier à lettres, j'ai reconnu la Jaguar de Rachman, garée au coin de Ledbury Road.

Il a passé sa tête par la vitre baissée.

— Ça va, mon vieux ? Vous venez faire un tour avec moi ?

Il m'a ouvert la portière et j'ai pris place à côté de lui.

— Nous ne savions plus ce que vous étiez devenu, lui ai-je dit.

Je n'osais pas lui parler de Linda. Peut-être était-il depuis longtemps dans sa voiture, à faire le guet.

— Beaucoup de travail... Beaucoup de soucis... Et toujours la même chose...

Il me fixait de son œil froid, derrière ses lunettes d'écaille.

— Et vous ? Vous êtes heureux ?

J'ai répondu par un sourire gêné.

Il avait arrêté la voiture dans une petite rue aux maisons en ruine, comme si elles venaient de subir un bombardement.

— Vous voyez? m'a-t-il dit. C'est toujours dans ce genre d'endroits que je travaille...

Sur le trottoir, il a sorti un trousseau de clés d'une serviette noire qu'il tenait à la main, mais il s'est ravisé et l'a enfoncé dans la poche de sa veste.

— Ça ne sert plus à rien...

D'un coup de pied, il a ouvert la porte de l'une des maisons, une porte à la peinture écaillée qui n'avait plus qu'un trou à la place de la serrure. Nous sommes entrés. Des gravats encombraient le sol. La même odeur que celle qui flottait dans l'hôtel de Sussex Gardens m'a pris à la gorge, mais encore plus forte que là-bas. J'ai eu un haut-le-cœur. Rachman a fouillé de nouveau sa serviette et en a extrait une torche électrique. Il a balayé le faisceau de la torche autour de lui, découvrant au fond de la pièce une vieille cuisinière rouillée. Un escalier raide montait au premier étage et sa rampe de bois était défoncée.

— Puisque vous avez du papier et un stylo, m'a-t-il dit, vous pouvez prendre des notes...

Il a inspecté les maisons voisines qui étaient dans le même état d'abandon et il m'a dicté au fur et à mesure quelques renseignements après avoir consulté un carnet qu'il avait sorti de sa serviette noire.

Le lendemain, j'ai continué à écrire mon roman sur le verso de la page où ces notes étaient inscrites et je les ai conservées jusqu'à aujourd'hui. Pourquoi me les avait-il dictées? Il voulait peut-être qu'il subsiste un double de celles-ci, quelque part.

L'endroit où nous nous étions d'abord arrêtés, dans le quartier de Notting Hill, s'appelait Powis Square et se prolongeait par Powis Terrace et Powis Gardens. J'ai recensé, sous la dictée de Rachman, les numéros 5, 9, 10, 11, 12 de Powis Terrace, les numéros 3, 4, 6 et 7 de Powis Gardens et les numéros 13, 45, 46 et 47 de Powis Square. Des rangées de maisons à portique de l'époque « edwardienne » — m'a précisé Rachman. Depuis la fin de la guerre, elles avaient été occupées par des Jamaïcains, mais lui, Rachman, les avait rachetées en bloc au moment où il était question de les détruire. Et maintenant que plus personne n'y logeait, il s'était mis dans l'idée de les rénover.

Il avait retrouvé les noms des anciens habitants d'avant les Jamaïcains. Ainsi, au numéro 5 de Powis Gardens, j'ai noté un certain Lewis Jones, et au 6, une Miss Dudgeon; au 13 de Powis Square un Charles Edward Boden, au 46, un Arthur Philip Cohen, au numéro 47, une Miss Marie Motto... Peut-être Rachman avait-il besoin d'eux après vingt ans, pour leur faire signer je ne sais quel papier, mais il n'y croyait pas vraiment. À une question que je lui avais posée sur ces gens, il m'avait répondu que la plupart d'entre eux s'étaient sans doute perdus pendant le Blitz.

Nous avons traversé le quartier de Bayswater en nous rapprochant de la gare de Paddington. Cette fois-ci, nous avons échoué à Orsett Terrace, où les maisons à portique, plus hautes que les précédentes, bordaient une voie ferrée. Les serrures étaient encore fixées aux portes d'entrée et Rachman a dû se servir de son trousseau de clés. Pas de gravats, de papiers peints moisis, ni d'escaliers défoncés à l'intérieur, mais les pièces ne conservaient aucune trace d'une présence humaine, comme si ces maisons étaient un décor dressé pour un film et que l'on eût oublié de le démonter.

— Ce sont d'anciens hôtels de voyageurs, m'a dit Rachman.

Quels voyageurs ? J'imaginais des ombres la nuit, sortant de la gare de Paddington au moment où se déclenchaient les sirènes.

Au bout d'Orsett Terrace, j'ai eu la surprise de voir une église en ruine que l'on était en train de démolir. Sa nef était déjà à ciel ouvert.

— Celle-là aussi, j'aurais dû l'acheter, a dit Rachman.

Nous avons dépassé Holland Park et nous arrivions à Hammersmith. Je n'étais jamais allé si loin. Rachman s'est arrêté sur Talgarth Road devant une rangée de maisons abandonnées qui avaient l'aspect de cottages ou de petites villas de bord de mer. Nous sommes montés au premier étage de l'une d'elles. Les vitres du bow-window étaient cassées. On entendait le vacarme de la circulation. Dans un coin de la pièce, je remarquai un lit de camp et sur celui-ci un costume enveloppé de cellophane comme s'il sortait de chez le teinturier, et une veste de pyjama. Rachman a surpris mon regard :

— Je viens quelquefois faire une sieste ici, m'a-t-il dit.

— Le bruit de la circulation ne vous gêne pas ?

Il a haussé les épaules. Puis il a pris le costume enveloppé de cellophane et nous avons descendu l'escalier. Il me précédait, le costume plié sur son bras droit, sa serviette noire dans la main gauche, l'allure d'un représentant de commerce qui sort de son domicile pour une tournée en province.

Il a posé délicatement le costume sur la banquette arrière de la voiture et il s'est remis au volant. Nous avons fait demi-tour, en direction de Kensington Gardens.

— J'ai dormi dans des endroits beaucoup moins confortables...

Il m'a dévisagé de son regard froid.

— J'avais à peu près votre âge...

Nous suivions Holland Park Avenue et nous allions bientôt passer devant la cafétéria où, d'habitude, à cette heure-là, j'écrivais mon roman.

— À la fin de la guerre, je m'étais échappé d'un camp... Je dormais dans la cave d'un immeuble... Il y avait des rats partout... Je me disais que, si je m'endormais, ils allaient me bouffer...

Il éclatait d'un rire grêle.

— J'avais l'impression d'être un rat comme les autres... D'ailleurs, ça faisait quatre ans qu'on essayait de me persuader que j'étais un rat...

Nous avions laissé derrière nous la cafétéria. Oui, je pouvais introduire Rachman dans mon roman. Mes deux héros croiseraient Rachman aux alentours de la gare du Nord.

— Vous êtes né en Angleterre ? lui ai-je demandé.

— Non. À Lvov, en Pologne.

Il l'avait dit d'un ton sec, et j'ai compris que je n'en saurais pas plus.

Nous longions maintenant Hyde Park, en direction de Marble Arch.

— J'essaye d'écrire un livre, lui ai-je dit timidement, pour renouer la conversation.

— Un livre ?

Puisqu'il était né à Lvov, en Pologne, avant la guerre et qu'il avait survécu à celle-ci, il aurait pu se trouver maintenant dans les parages de la gare du Nord. C'était juste une question de hasard.

Il a ralenti devant la gare de Marylebone et j'ai pensé que nous allions encore visiter des maisons vétustes au bord d'une voie ferrée. Mais, en suivant une rue étroite, nous avons débouché sur Regent's Park.

— Voilà enfin un quartier riche.

Et il a poussé un rire, comme un hennissement.

Il m'a fait noter les adresses : 125, 127 et 129 Park Road, au coin de Lorne Close, trois maisons vert pâle à bow-windows dont la dernière était à moitié détruite.

Après avoir consulté les étiquettes, jointes aux clés du trousseau, il a ouvert la porte de la maison du milieu. Et nous nous sommes retrouvés au premier étage, dans une pièce plus spacieuse que celle de Talgarth Road. Les vitres de la fenêtre étaient intactes.

Au fond de la pièce, le même lit de camp qu'à Talgarth Road. Il s'est assis dessus et il a posé sa serviette noire à côté de lui. Puis il s'est épongé le front avec son mouchoir blanc.

Le papier peint des murs était arraché par endroits et il manquait des lattes de parquet.

— Vous devriez regarder par la fenêtre, m'a-t-il dit. Ça vaut le coup d'œil.

En effet, je découvrais les pelouses de Regent's Park et les façades monumentales, tout autour. Leur blancheur de stuc et le vert des pelouses me procuraient un sentiment de paix et de sécurité.

— Maintenant, je vais vous montrer autre chose...

Il s'est levé, nous avons suivi un couloir où de vieux fils électriques pendaient du plafond et nous avons débouché sur une petite pièce, à l'arrière de la maison. La fenêtre de celle-ci donnait sur la voie ferrée de la gare de Marylebone.

— Les deux côtés ont leur charme, m'a dit Rachman. Hein, mon vieux?

Puis nous sommes revenus dans la chambre, du côté de Regent's Park.

Il s'est de nouveau assis sur le lit de camp et il a ouvert sa serviette noire. Il en a tiré deux sandwichs enveloppés de papier d'argent. Il m'en a offert un. Je me suis assis par terre, en face de lui.

— Je crois que je laisserais cette maison comme ça et que je viendrais y habiter définitivement...

Il a mordu dans son sandwich. J'ai pensé au costume enveloppé de cellophane. Celui qu'il portait maintenant était tout fripé, il manquait même un bouton à la veste et ses chaussures étaient maculées de boue. Lui si maniaque, si soucieux de propreté, et qui luttait avec tant d'acharnement contre les microbes, on avait l'impression, certains jours, qu'il abandonnait la partie et qu'il allait se transformer, peu à peu, en clochard.

Il a fini d'avaler son sandwich. Il s'est allongé sur le lit de camp. Il a tendu le bras et a fouillé dans sa serviette noire qu'il avait posée par terre, à côté du lit. Il en a sorti le trousseau et il en a détaché l'une des clés.

— Tenez... Prenez-la... Et réveillez-moi dans une heure. Vous pouvez faire une promenade dans Regent's Park.

Il s'est tourné sur le côté, face au mur, et il a poussé un long soupir.

— Je vous conseille une visite au zoo. C'est tout près.

Je suis resté un moment immobile devant la fenêtre, au milieu d'une flaque de soleil, avant de m'apercevoir qu'il s'était endormi.

Une nuit que nous rentrions à Chepstow Villas, Jacqueline et moi, il y avait un filet de lumière sous la porte de Linda. La musique jamaïcaine a joué, de nouveau, jusque très tard et l'odeur de chanvre indien a envahi l'appartement, comme aux premiers jours où nous y habitions.

Peter Rachman organisait des soirées dans sa garçonnière, à Dolphin Square, un bloc d'immeubles au bord de la Tamise et Linda nous y entraînait. Nous y avons retrouvé Michael Savoundra qui s'était absenté de Londres pour rencontrer des producteurs à Paris. Pierre Roustang avait lu le scénario et s'y intéressait. Pierre Roustang. Encore un nom sans visage qui flotte dans ma mémoire, mais dont les syllabes gardent une résonance comme tous les noms que l'on a entendus à vingt ans.

Des gens divers fréquentaient les soirées de Rachman. Dans quelques mois, une bouffée de fraîcheur envahirait Londres avec de nouvelles musiques, des vêtements bariolés. Et il me semble avoir croisé, à Dolphin Square, au cours de ces nuits-là, certains de ceux qui deviendraient les personnages d'une ville brusquement rajeunie.

Je n'écrivais plus le matin, mais à partir de minuit. Je ne voulais pas profiter de la paix et du silence. Tout simplement, je retardais l'heure de travailler. Et, chaque fois, je réussissais à vaincre ma paresse. J'avais choisi cette heure-là pour une autre raison : je craignais que revienne l'angoisse, si souvent ressentie, les premiers jours que nous étions à Londres.

Jacqueline éprouvait certainement la même inquiétude, mais il lui fallait du monde et du bruit autour d'elle.

À minuit, elle quittait l'appartement avec Linda. Elles allaient aux soirées de Rachman ou dans des endroits perdus, vers Notting Hill. Chez Rachman, on faisait la connaissance de tas de gens qui vous invitaient eux aussi. Pour la première fois à Londres — disait Savoundra — on n'avait plus l'impression d'être en province. Il y avait de l'électricité dans l'air, paraît-il.

Je me souviens de nos dernières promenades. Je l'accompagnais chez Rachman, à Dolphin Square. Je ne voulais pas monter et me retrouver parmi tous ces gens. La perspective du retour à l'appartement m'effrayait un peu. Il me

142

faudrait encore aligner des phrases sur une page blanche, mais je n'avais pas le choix.

Ces soirs-là, nous demandions au chauffeur du taxi qu'il s'arrête devant la gare Victoria. Et de là, nous marchions jusqu'à la Tamise, à travers les rues de Pimlico. C'était le mois de juillet. La chaleur était étouffante, mais, chaque fois que nous longions les grilles d'un square, une brise se levait sur nous aux odeurs de troène ou de tilleul.

Je la laissais sous le porche. La masse des immeubles de Dolphin Square se découpait à la clarté de la lune. L'ombre des arbres se projetait sur le trottoir et leurs feuillages demeuraient immobiles. Il n'y avait pas un souffle d'air. De l'autre côté du quai, au bord de la Tamise, un restaurant sur une péniche dressait son enseigne lumineuse et le portier se tenait debout, à l'entrée du ponton. Mais personne, apparemment, ne venait dans ce restaurant. J'observais cet homme, figé pour toujours dans son uniforme. À cette heure-là, les voitures ne passaient plus sur le quai et j'étais enfin arrivé au cœur tranquille et désolé de l'été.

À mon retour Chepstow Villas, j'écrivais, allongé sur le lit. Ensuite, j'éteignais la lumière et j'attendais dans le noir.

Elle revenait vers trois heures du matin, toujours seule. Depuis quelque temps, Linda avait de nouveau disparu.

Elle ouvrait doucement la porte. Je faisais semblant de dormir.

Et puis, au bout d'un certain nombre de jours, je veillais jusqu'à l'aube, mais je n'ai plus jamais entendu son pas dans l'escalier.

Hier, samedi 1ᵉʳ octobre de dix-neuf cent quatre-vingt-quatorze, je suis revenu chez moi, de la place d'Italie, par le métro. J'étais allé chercher des cassettes de film dans un magasin qui — paraît-il — était mieux approvisionné que les autres. Je n'avais pas revu depuis longtemps la place d'Italie et elle avait bien changé, à cause des gratte-ciel.

Dans la voiture du métro, je restais debout près des portières. Une femme était assise sur la banquette du fond, à ma gauche, et je l'avais remarquée car elle portait des lunettes de soleil, un foulard noué sous le menton et un vieil imperméable beige. J'ai cru reconnaître Jacqueline. Le métro aérien suivait le boulevard Auguste-Blanqui. À la lumière du jour, son visage me semblait amaigri. Je distinguais bien le dessin de sa bouche et de son nez. C'était elle, j'en avais peu à peu la certitude.

Elle ne me voyait pas. Ses yeux étaient cachés derrière les lunettes de soleil.

Elle s'est levée à la station Corvisart et je l'ai suivie sur le quai. Elle tenait un cabas à la main gauche et elle marchait d'une allure lasse, presque titubante, qui n'était plus celle d'autrefois. Je ne sais pas pourquoi, j'avais souvent rêvé d'elle ces derniers temps : je la voyais, dans un petit port de pêche de la Méditerranée, assise par terre, et tricotant interminablement sous le soleil. À côté d'elle, une soucoupe où les passants déposaient des pièces de monnaie.

Elle a traversé le boulevard Auguste-Blanqui et elle s'est engagée dans la rue Corvisart. J'ai descendu derrière elle la pente de la rue. Elle est entrée dans une épicerie. Quand elle en est sortie, je me rendais compte à sa démarche que le cabas était plus lourd.

Sur la petite place qui précède le square, un café a pour enseigne le Muscadet Junior. J'ai regardé à travers la vitre. Elle était debout devant le zinc, le cabas à ses pieds, et elle se versait un verre de bière. Je n'ai pas voulu l'aborder ni la suivre encore pour connaître son adresse. Après toutes ces années, je craignais qu'elle ne se souvienne plus de moi.

Et aujourd'hui, premier dimanche de l'automne, je me retrouve sur la même ligne, dans le métro. Il passe au-dessus des arbres du boulevard Saint-Jacques. Leurs feuillages se penchent sur la voie. Alors, j'ai l'impression d'être entre ciel et terre et d'échapper à ma vie présente. Rien ne me rattache plus à rien. Tout à l'heure, à la sortie de la station Corvisart qui ressemble à une gare de province avec sa verrière, ce sera comme si je me glissais par une brèche du temps et je disparaîtrai une bonne fois pour toutes. Je descendrai la pente de la rue et j'aurai peut-être une chance de la rencontrer. Elle doit habiter quelque part dans ce quartier.

Il y a quinze ans, je m'en souviens, j'avais déjà le même état d'esprit. Un après-midi d'août, j'étais allé chercher, à la mairie de Boulogne-Billancourt, un extrait d'acte de naissance. J'étais revenu à pied par la porte d'Auteuil et les avenues qui longent le champ de courses et le Bois. J'habitais provisoirement une chambre d'hôtel, vers le quai, après les jardins du Trocadéro. Je ne savais pas encore si je resterais définitivement à Paris ou bien si, poursuivant le livre que j'avais entrepris sur les « poètes et romanciers portuaires », je ferais un séjour à Buenos Aires, à la recherche du poète argentin Hector Pedro Blomberg dont certains vers m'avaient intrigué :

Schneider a été tué cette nuit
Dans le bistrot de la Paraguayenne
Il avait les yeux bleus et le visage très pâle...

Une fin d'après-midi ensoleillée. Juste avant d'arriver à la porte de la Muette, je m'étais assis sur le banc d'un square. Ce quartier m'évoquait des souvenirs d'enfance. L'autobus 63 que je prenais à Saint-Germain-des-Prés s'arrêtait porte de la Muette et il fallait l'attendre vers six heures du soir après une journée passée au bois de Boulogne. Mais j'avais beau rassembler d'autres souvenirs plus récents, ils appartenaient à une vie antérieure que je n'étais pas tout à fait sûr d'avoir vécue.

J'avais sorti de ma poche mon extrait d'acte de naissance. J'étais né pendant l'été de dix-neuf cent quarante-cinq, et un après-midi, vers cinq heures, mon père était venu signer le registre de la mairie. Je voyais bien sa signature sur la photocopie que l'on m'avait donnée, une signature illisible. Puis il était rentré chez lui, à pied, par les rues désertes de cet été-là où l'on entendait les sonnettes cristallines des vélos, dans le silence. Et c'était la même saison qu'aujourd'hui, la même fin d'après-midi ensoleillée.

J'avais remis l'acte de naissance dans ma poche. J'étais dans un rêve dont il faudrait bien que je me réveille. Les liens qui me rattachaient au présent s'étiraient de plus en plus. Cela aurait été vraiment dommage de finir sur ce banc dans une sorte d'amnésie et de perte progressive d'identité et de ne pas pouvoir indiquer aux passants mon domicile... Heureusement j'avais dans ma poche cet extrait d'acte de naissance, comme les chiens qui se sont perdus dans Paris mais qui portent sur leur collier l'adresse et le numéro de téléphone de leur maître… Et j'essayais de m'expliquer le flottement que je ressentais. Je n'avais vu personne depuis plusieurs semaines. Ceux auxquels j'avais téléphoné n'étaient pas rentrés de vacances. Et puis j'avais eu tort de choisir un hôtel éloigné du centre. Au début de l'été, je comptais n'y faire qu'un séjour très bref, et louer un petit appartement ou un studio. Le doute s'était insinué en moi : est-ce que j'avais vraiment le désir de rester à Paris ? Tant que durerait l'été, j'aurais l'illusion de n'être qu'un touriste, mais au début de l'automne, les rues, les gens et les choses retrouveraient leur couleur quotidienne : grise. Et je me demandais si j'avais encore le courage de me fondre, de nouveau, dans cette couleur-là.

J'étais sans doute arrivé à la fin d'une période de ma vie. Elle avait duré une quinzaine d'années et je traversais maintenant un temps mort, avant de faire peau neuve. J'essayais de me reporter quinze ans auparavant. À cette époque aussi, quelque chose était venu à son terme. Je m'éloignais de mes parents. Mon père me donnait rendez-vous dans des arrière-salles de café, des halls d'hôtel ou des buffets de gare, comme s'il choisissait des endroits de passage pour se débarrasser de moi et s'enfuir avec ses secrets. Nous restions silencieux, l'un en face de l'autre. De temps en temps, il me jetait un regard en biais. Ma mère, elle, me parlait de plus en plus fort, je le devinais aux mouvements saccadés de ses lèvres car il y avait entre nous une vitre qui étouffait sa voix.

Et puis les quinze années suivantes se décomposaient : à peine quelques visages brouillés, quelques souvenirs vagues, quelques cendres... Je n'en éprouvais aucune tristesse mais au contraire un soulagement. J'allais repartir de zéro. De cette morne succession de jours, les seuls qui se détachaient encore, c'était ceux où j'avais connu Jacqueline et Van Bever. Pourquoi cet épisode plutôt qu'un autre ? Peut-être parce qu'il était demeuré en suspens.

Le banc que j'occupais était maintenant du côté de l'ombre. J'ai traversé la petite pelouse et je me suis assis au soleil. Je me sentais léger. Je n'avais plus de comptes à rendre à personne, ni d'excuses et de mensonges à bredouiller. J'allais devenir quelqu'un d'autre et la métamorphose serait si profonde qu'aucun de ceux que j'avais croisés au cours de ces quinze dernières années ne pourrait plus me reconnaître.

J'entendais un bruit de moteur derrière moi. Quelqu'un garait sa voiture à l'angle du square et de l'avenue. Le moteur s'est éteint. Un claquement de portière. Une femme longeait la grille du square. Elle portait une robe d'été de couleur jaune et des lunettes de soleil. Ses cheveux étaient châtains. Je n'avais pas bien distingué son visage, mais j'ai tout de suite reconnu sa démarche, une démarche paresseuse. Son allure devenait de plus en plus lente, comme si elle hésitait entre plusieurs directions. Et puis, elle semblait avoir retrouvé son chemin. C'était Jacqueline.

J'ai quitté le square et je l'ai suivie. Je n'osais pas la rattraper. Peut-être ne se souvenait-elle pas très bien de moi. Elle avait les cheveux plus courts qu'il y a quinze ans, mais cette démarche ne pouvait pas appartenir à quelqu'un d'autre.

Elle est entrée dans l'un des immeubles. C'était trop tard pour l'aborder. Et de toute manière qu'est-ce que je lui aurais dit? Cette avenue était si loin du quai de la Tournelle et du café Dante…

Je suis passé devant l'entrée de l'immeuble et j'ai relevé le numéro. Était-ce vraiment son domicile? Ou bien rendait-elle visite à des amis? Je finissais par me demander si l'on reconnaît quelqu'un de dos, à sa démarche. J'ai fait demi-tour en direction du square. Sa voiture était là. J'ai eu la tentation de lui laisser un mot sur le pare-brise avec le numéro de téléphone de mon hôtel.

Au garage de l'avenue de New-York, la voiture que j'avais louée la veille m'attendait. L'idée m'en était venue dans ma chambre d'hôtel. Le quartier me paraissait si vide et si solitaires les trajets à pied ou en métro dans ce Paris du mois d'août que la perspective de disposer d'une voiture me réconfortait. J'aurais l'impression de pouvoir quitter Paris, à chaque instant, si je le voulais. Pendant ces quinze dernières années, je m'étais senti prisonnier des autres et de moi-même, et tous mes rêves étaient semblables : des rêves de fuite, des départs en train, que malheureusement je manquais. Je n'atteignais jamais la gare. Je me perdais dans les couloirs du métro, et sur le quai de la station, les rames ne venaient pas. Je rêvais aussi qu'en sortant de chez moi je montais au volant d'une très grosse voiture américaine qui glissait le long des rues désertes en direction du Bois sans que j'entende le bruit du moteur, et j'éprouvais une sensation de légèreté et de bien-être.

Le garagiste m'a donné la clé de contact et j'ai vu sa surprise au moment où j'ai effectué une marche arrière et failli emboutir l'une des pompes à essence. Je craignais de ne pas pouvoir m'arrêter au prochain feu rouge. C'était ainsi dans mes rêves : les freins avaient lâché, je brûlais tous les feux rouges et je prenais les sens interdits.

J'ai réussi à garer la voiture devant l'hôtel et j'ai demandé au concierge un annuaire. Au numéro de l'avenue, il n'y avait pas de Jacqueline. Depuis quinze ans, elle s'était sans doute mariée. Mais de qui était-elle la femme ?

Delorme (P.)
Dintillac
Jones (E. Cecil)
Lacoste (René)
Walter (J.)
Sanchez-Cirès
Vidal

Il ne me restait plus qu'à téléphoner à chacun de ces noms.

J'ai composé le premier numéro dans la cabine. Les sonneries se sont succédé long-temps. Puis on a décroché. Une voix d'homme :

— Oui… Allô ?

— Est-ce que je pourrais parler à Jacqueline ?

— Vous devez faire erreur, monsieur.

J'ai raccroché. Je n'avais plus le courage de composer les autres numéros.

J'ai attendu la tombée de la nuit pour quitter l'hôtel. J'ai pris place au volant et j'ai démarré. Moi qui connaissais bien Paris et qui aurais suivi, si j'avais été à pied, le plus court chemin jusqu'à la porte de la Muette, je naviguais au hasard à bord de cette voiture. Je n'avais pas conduit depuis longtemps et j'ignorais quelles étaient les rues à sens unique. J'ai décidé d'avancer tout droit.

J'ai fait un long detour par le quai de Passy et l'avenue de Versailles. Puis je me suis engagé dans le boulevard Murat désert. J'aurais pu brûler les feux rouges, mais j'éprouvais du plaisir à les respecter. Je conduisais lentement, à la même allure nonchalante que celui qui longe, un soir d'été, une promenade de bord de mer. Les feux ne s'adressaient qu'à moi, de leurs signaux mystérieux et amicaux.

Je me suis arrêté devant l'entrée de l'immeuble, de l'autre côté de l'avenue, sous les feuillages des premiers arbres du Bois, là où les lampadaires laissaient une zone de pénombre. Les deux battants vitrés du porche, avec leurs ferronneries noires, étaient éclairés. Et aussi les fenêtres du dernier étage. Celles-ci étaient grandes ouvertes et, sur l'un des balcons, je distinguais quelques silhouettes. J'entendais de la musique et le murmure des conversations. Des voitures sont venues se garer le long de l'immeuble et j'avais la certitude que les gens qui en sortaient et qui passaient le porche montaient tous au dernier étage. À un moment, quelqu'un s'est penché au balcon et a interpellé deux silhouettes qui s'apprêtaient à entrer dans l'immeuble. Une voix de femme. Elle indiquait l'étage aux deux autres. Mais ce n'était pas la voix de Jacqueline, ou du moins je ne la reconnaissais pas. J'ai décidé de ne plus rester là, à faire le guet, et de monter. Si c'était Jacqueline qui recevait, j'ignorais quelle serait son attitude en voyant entrer chez elle, à l'improviste, quelqu'un dont elle ne savait plus rien depuis quinze

154

ans. Nous nous étions connus pendant un laps de temps très bref : trois ou quatre mois. C'est peu comparé à quinze ans. Mais elle n'avait certainement pas oublié cette période... À moins que sa vie présente l'ait effacée comme une lumière trop vive de projecteur qui rejette au fond des ténèbres tout ce qui n'est pas dans son champ.

J'ai attendu que d'autres invités arrivent. Cette fois-ci, ils étaient trois. L'un d'eux a fait un signe du bras en direction des balcons du dernier étage. Je les ai rejoints au moment où ils entraient dans l'immeuble. Deux hommes et une femme. Je les ai salués. Pour eux, il n'y avait aucun doute : j'étais moi aussi convié la-haut.

Nous sommes montés dans l'ascenseur. Les deux hommes avaient un accent, mais la femme était française. Ils étaient un peu plus âgés que moi.

Je me suis efforcé de sourire. J'ai dit à la femme :

— Ça va être très sympathique, là-haut...

Elle a souri, elle aussi.

— Vous êtes un ami de Darius ? m'a-t-elle demandé.

— Non. Je suis un ami de Jacqueline.

Elle a paru ne pas comprendre.

— Je n'ai pas vu Jacqueline depuis longtemps, ai-je dit. Elle va bien ?

La femme a froncé les sourcils.

— Je ne la connais pas.

Puis elle a échangé quelques mots en anglais avec les deux autres. L'ascenseur s'est arrêté.

L'un des hommes a sonné à la porte. Mes mains étaient moites. La porte s'est ouverte et j'ai entendu le brouhaha des conversations et la musique à l'intérieur. Un homme aux cheveux bruns ramenés en arrière et au teint mat nous souriait. Il portait un costume de toile beige.

La femme l'a embrassé sur les deux joues.

— Bonjour, Darius.

— Bonjour, ma grande.

Il avait une voix grave et un léger accent. Les deux hommes l'ont salué aussi d'un « bonjour, Darius ». Je lui ai serré la main sans rien lui dire, mais il ne semblait pas étonné de ma présence.

Il nous a précédés à travers le vestibule et nous avons débouché dans un salon aux baies vitrées ouvertes. De petits groupes d'invités se tenaient debout. Darius et les trois personnes avec qui j'étais monté dans l'ascenseur se dirigeaient vers l'un des balcons. Je leur emboîtais le pas. Ils étaient happés par un couple, à la lisière du balcon, et une conversation s'ébauchait entre eux.

Je me tenais en retrait. Ils m'avaient oublié. Je me suis réfugié vers le fond de la pièce et je me suis assis à l'extrémité d'un canapé. À l'autre bout de celui-ci, deux jeunes gens, serrés l'un contre l'autre, parlaient à voix basse. Personne ne me prêtait la moindre attention. J'essayais de découvrir Jacqueline parmi toute cette assemblée. Une vingtaine de personnes. J'observais le dénommé Darius, là-bas, au seuil du balcon, la silhouette très svelte dans son costume beige. Je lui donnais environ quarante ans. Se pouvait-il que ce Darius fût le mari de Jacqueline ? Le brouhaha des conversations était étouffé par la musique qui semblait venir des balcons.

J'avais beau dévisager les femmes les unes après les autres, je ne voyais pas Jacqueline. Je m'étais trompé d'étage. Je n'étais même pas sûr qu'elle habitât l'immeuble. Darius se trouvait maintenant au milieu du salon, à quelques mètres de moi, en compagnie d'une femme blonde très gracieuse, qui l'écoutait avec beaucoup d'attention. De temps en temps elle riait. Je prêtais l'oreille pour savoir dans quelle langue il parlait, mais la musique couvrait sa voix. Pourquoi ne pas marcher vers cet homme et lui demander où se trouvait Jacqueline ? Il me révélerait, de son ton grave et courtois, ce mystère qui n'en était pas vraiment un : s'il connaissait Jacqueline, si c'était sa femme, ou bien à quel étage elle habitait. C'était aussi simple que cela. Il me faisait face. Il écoutait maintenant la femme blonde et ses yeux s'étaient posés par hasard sur moi. D'abord, j'avais l'impression qu'il ne me voyait pas. Et puis, il m'a fait un petit signe amical de la main. Il paraissait étonné que je reste seul, sur ce divan, sans parler à personne, mais j'étais beaucoup plus à l'aise qu'à

157

mon entrée dans l'appartement et un souvenir d'il y a quinze ans a resurgi. Nous étions arrivés à Londres, Jacqueline et moi, par la gare de Charring Cross, vers cinq heures du soir. Nous avions pris un taxi pour nous conduire à un hôtel, choisi au hasard dans un guide. Nous ne connaissions Londres ni l'un ni l'autre. Au moment où le taxi s'engageait dans le Mall et que s'ouvrait devant moi cette avenue ombragée d'arbres, les vingt premières années de ma vie sont tombées en poussière, comme un poids, comme des menottes ou un harnais dont je n'avais pas cru qu'un jour je pourrais me débarrasser. Eh bien voilà, il ne restait plus rien de toutes ces années. Et si le bonheur c'était l'ivresse passagère que j'éprouvais ce soir-là, alors, pour la première fois de mon existence, j'étais heureux.

Plus tard, il faisait nuit et nous nous promenions au hasard du côté d'Ennismore Gardens. Nous longions les grilles d'un jardin à l'abandon. Des rires, de la musique et un brouhaha de conversations venaient du dernier étage de l'une des maisons. Les fenêtres étaient grandes ouvertes et dans la lumière, se découpait un groupe de silhouettes. Nous restions là, contre la grille du jardin. L'un des convives qui s'était assis sur le rebord du balcon nous avait remarqués et nous avait fait signe de monter. Dans les grandes villes, l'été, des gens qui se sont perdus de vue depuis longtemps ou bien qui ne se connaissent pas se retrouvent un soir sur une terrasse, puis se perdent de nouveau les uns les autres. Et rien n'a vraiment d'importance.

Darius s'était rapproché de moi :

— Vous avez perdu vos amis ? m'a-t-il dit en souriant.

J'ai mis un instant avant de comprendre à qui il faisait allusion : aux trois personnes de l'ascenseur.

— Ce ne sont pas vraiment mes amis.

Mais j'ai regretté aussitôt ces paroles. Je ne voulais pas qu'il se pose de questions sur ma présence ici.

— Je ne les connais pas depuis longtemps, lui ai-je dit. Et ils ont eu la bonne idée de m'emmener chez vous...

Il a souri de nouveau :

— Les amis de mes amis sont mes amis.

Mais je l'embarrassais car il ne savait pas qui j'étais. Pour le mettre à l'aise, je lui ai dit d'une voix la plus douce possible :

— Vous organisez souvent des soirées aussi agréables ?

— Oui. Au mois d'août. Et toujours en l'absence de ma femme.

La plupart des invités avaient quitté le salon. Comment pouvaient-ils tous tenir debout sur les balcons ?

— Je me sens tellement seul quand ma femme n'est pas là...

Son regard avait pris une expression mélancolique. Il me souriait toujours. C'était le moment de lui demander si sa femme s'appelait Jacqueline, mais je n'osais pas encore m'y risquer.

— Et vous, vous habitez Paris?

Il me posait sans doute cette question par simple politesse. Après tout, il me recevait chez lui et il ne voulait pas que je sois seul sur un divan, à l'écart des autres convives.

— Oui, mais je ne sais pas si je vais y rester...

J'avais brusquement envie de me confier à lui. Cela faisait trois mois, environ, que je n'avais parlé à personne.

— Je peux exercer mon métier n'importe où, pourvu que j'aie un stylo et une feuille de papier...

— Vous êtes écrivain?

— Si l'on peut appeler cela écrivain...

Il voulait que je lui cite les titres de mes livres. Il en avait peut-être lu un.

— Je ne crois pas, lui ai-je dit.

— Ça doit être passionnant d'écrire, non?

Il ne devait pas avoir l'habitude des conversations en tête à tête, sur d'aussi graves sujets.

— Je vous retiens, lui ai-je dit. Et j'ai l'impression que j'ai fait fuir vos invités.

En effet, il n'y avait presque plus personne dans le salon et sur les balcons.

Il a eu un rire léger :

— Mais pas du tout... Ils sont montés sur la terrasse...

160

Quelques personnes étaient demeurées dans le salon et occupaient un canapé, de l'autre côté de la pièce, un canapé blanc semblable à celui où j'étais assis aux côtés de Darius.

— J'ai été ravi de faire votre connaissance, m'a-t-il dit.

Puis il s'est dirigé vers les autres, parmi lesquels la femme blonde avec qui il parlait tout à l'heure et l'homme au blazer de l'ascenseur.

— Vous ne trouvez pas que ça manque de musique ici ? leur a-t-il dit, très haut, comme si son rôle se réduisait à celui de boute-en-train. Je vais mettre un disque.

Il a disparu dans la pièce voisine. Au bout d'un instant, s'est élevée la voix d'une chanteuse.

Il s'est assis avec les autres, sur le canapé. Il m'avait déjà oublié.

Il était temps pour moi de partir, mais je ne pouvais pas m'empêcher d'écouter le brouhaha et les rires de la terrasse et les éclats de voix de Darius et de ses invités, là-bas, sur le canapé. Je n'entendais pas très bien ce qu'ils disaient et je me laissais bercer par la chanson.

On sonnait à la porte. Darius s'est levé et s'est dirigé vers l'entrée. Au passage, il m'a lancé un sourire. Les autres continuaient à parler entre eux et, dans le feu de la discussion, l'homme au blazer faisait de grands gestes, comme s'il voulait les convaincre de quelque chose.

Des voix dans le vestibule. Elles se rapprochaient. C'était la voix de Darius et celle d'une femme aux intonations graves. Je me suis retourné. Darius était accompagné d'un couple et tous trois se tenaient sur le seuil du salon. L'homme était un brun de haute taille, en costume gris, les traits du visage assez lourds, les yeux bleus à fleur de tête. La femme portait une robe d'été jaune qui lui découvrait les épaules.

— Nous arrivons trop tard, a dit l'homme. Tout le monde est parti...

Il avait un léger accent.

— Mais non, a dit Darius. Ils nous attendent là-haut.

Il les a pris chacun par le bras.

La femme que je voyais de trois quarts s'est retournée. J'ai eu un coup au cœur. J'ai reconnu Jacqueline. Ils s'avançaient vers moi. Je me suis levé, comme un automate.

Darius me les a présentés :

— Georges et Thérèse Caisley.

Je les ai salués d'un signe de tête. J'ai regardé la dénommée Thérèse Caisley droit dans les yeux, mais elle n'a pas sourcillé. Apparemment, elle ne me reconnaissait pas. Darius semblait gêné de ne pouvoir me présenter par mon nom.

— Ce sont mes voisins du dessous, m'a-t-il dit. Je suis heureux qu'ils soient venus... De toute façon, ils n'auraient pas pu dormir à cause du bruit...

Caisley a haussé les épaules :

162

— Dormir ?... Mais il est encore très tôt, a-t-il dit. La journée ne fait que commencer.

J'essayais de rencontrer son regard à elle. Ce regard était vide. Elle ne me voyait pas ou bien elle ignorait délibérément ma présence. Darius les a entraînés à l'autre bout du salon, jusqu'au canapé où se tenaient les autres. L'homme au blazer s'est levé pour saluer Thérèse Caisley. La conversation a repris. Caisley était très volubile. Elle demeurait un peu en retrait, l'air de bouder ou de s'ennuyer. J'ai eu envie de marcher vers elle, de la prendre à l'écart et de lui dire à voix basse :

— Bonjour, Jacqueline.

Mais je restais pétrifié, à la recherche d'un fil d'Ariane qui aurait pu subsister entre le café Dante ou l'hôtel de la Tournelle d'il y a quinze ans et ce salon aux baies vitrées ouvertes sur le bois de Boulogne. Il n'y en avait aucun. J'étais victime d'un mirage. Et pourtant, si l'on y réfléchissait bien, ces lieux se trouvaient dans la même ville, à peu de distance les uns des autres. Je m'efforçais d'imaginer l'itinéraire le plus court possible jusqu'au café Dante : rejoindre la rive gauche par le périphérique, et, de la porte d'Orléans, rouler tout droit vers le boulevard Saint-Michel... À cette heure-là, au mois d'août, il aurait suffi d'un quart d'heure à peine.

L'homme au blazer lui parlait, et elle l'écoutait, indifférente. Elle s'était assise sur l'un des bras du canapé et elle avait allumé une cigarette.

Je la voyais de profil. Qu'est-ce qu'elle avait fait de ses cheveux? Il y a quinze ans ils lui descendaient jusqu'à la taille et maintenant elle les portait un peu plus haut que le creux de l'épaule. Et elle fumait, mais elle ne toussait plus.

— Vous montez avec nous? m'a demandé Darius.

Il avait abandonné les autres sur le canapé et il était en compagnie de Georges et de Thérèse Caisley. Thérèse. Pourquoi avait-elle changé de prénom?

Ils m'ont précédé sur l'un des balcons.

— Il faut juste monter l'échelle du bastingage, a dit Darius.

Il nous désignait un escalier aux marches de ciment, à l'extrémité du balcon.

— Et vers où allons-nous appareiller, capitaine? a demandé Caisley en tapant familièrement sur l'épaule de Darius.

Nous étions derrière eux, côte à côte, Thérèse Caisley et moi. Elle m'a souri. Mais c'était un sourire de politesse que l'on fait à un inconnu.

— Vous êtes déjà monté là-haut? m'a-t-elle demandé.

— Non. Jamais. C'est la première fois.

— La vue doit être très jolie de là-haut.

Je ne savais même plus si c'était à moi qu'elle s'adressait tant elle avait formulé cette phrase d'une manière impersonnelle et froide.

Une grande terrasse. La plupart des invités occupaient les chaises en toile beige.

Au passage, Darius s'est arrêté devant l'un de leurs groupes. Ils étaient assis en cercle. J'avançais derrière Caisley et sa femme qui semblaient avoir oublié ma présence. Ils ont croisé un autre couple, au bord de la terrasse et tous quatre ont commencé à parler, debout, elle et Caisley s'appuyant contre le parapet. Caisley et les deux autres s'exprimaient en anglais. De temps en temps, elle ponctuait la conversation d'une petite phrase en français. Je suis venu moi aussi m'accouder au parapet de la terrasse. Elle était juste derrière moi. Les trois autres continuaient à parler en anglais. La voix de la chanteuse couvrait le murmure des conversations et je me suis mis à siffler sur le refrain de la chanson. Elle s'est retournée.

— Excusez-moi, lui ai-je dit.

— Je vous en prie.

Elle m'a souri, de ce sourire vide de tout à l'heure. Et comme elle gardait le silence, il a bien fallu que j'ajoute :

— Une belle soirée...

La discussion s'animait entre Caisley et les deux autres. Caisley avait une voix un peu nasillarde.

— Ce qui est surtout agréable, lui ai-je dit, c'est la fraîcheur qui vient du bois de Boulogne...

— Oui.

Elle a sorti un paquet de cigarettes, en a pris une et m'a tendu le paquet :

— Je vous remercie. Je ne fume pas.

— Vous avez raison...

Elle a allumé sa cigarette à l'aide d'un briquet.

— J'ai essayé d'arrêter plusieurs fois, m'a-t-elle dit, mais je n'y arrive pas...

— Et ça ne vous fait pas tousser ?

Elle a paru surprise de ma question.

— Moi, j'ai arrêté de fumer, lui ai-je dit, parce que ça me faisait tousser.

Elle n'a pas réagi. Elle n'avait vraiment pas l'air de me reconnaître.

— Dommage que l'on entende le bruit du périphérique, lui ai-je dit.

— Vous croyez ? Je ne l'entends pas de chez moi... Et pourtant, j'habite au troisième étage.

— Le périphérique a aussi ses avantages, lui ai-je dit. Tout à l'heure, j'ai mis à peine dix minutes pour arriver ici depuis le quai de la Tournelle.

Mais ces derniers mots l'ont laissée indifférente. Elle me souriait toujours, de son sourire froid.

— Vous êtes un ami de Darius ?

C'était la même question que la femme m'avait posée dans l'ascenseur.

— Non, lui ai-je dit. Je suis un ami d'une amie de Darius... Jacqueline...

J'ai évité de rencontrer son regard. Je fixais l'un des lampadaires, en bas, sous les arbres.

— Je ne la connais pas.

— Vous restez à Paris pendant l'été ? lui ai-je dit.

— Nous allons partir la semaine prochaine avec mon mari à Majorque.

Je me suis souvenu de notre première rencontre, cet après-midi d'hiver, place Saint-Michel, et de la lettre qu'elle portait, sur l'enveloppe de laquelle j'avais lu : Majorque.

— Votre mari n'écrit pas de romans policiers ?

Elle a éclaté de rire. C'était étrange, car Jacqueline n'avait jamais ri comme ça.

— Pourquoi voulez-vous qu'il écrive des romans policiers ?

Il y a quinze ans, elle m'avait indiqué le nom d'un Américain qui écrivait des romans policiers et qui pouvait nous aider à partir pour Majorque : Mc Givern. Plus tard, j'avais découvert quelques-uns de ses ouvrages, et même pensé retrouver sa trace pour lui demander, à tout hasard, s'il connaissait Jacqueline et s'il savait ce qu'elle était devenue.

— Je l'ai confondu avec quelqu'un d'autre qui habite l'Espagne... William Mc Givern...

Elle m'a regardé droit dans les yeux, pour la première fois.

— Et vous ? m'a-t-elle demandé. Vous habitez Paris ?

— Pour le moment. Je ne sais pas si je vais y rester...

Derrière nous, Caisley continuait de parler de sa voix nasillarde, et il était maintenant au milieu d'un groupe très nombreux.

— Je fais un métier que je peux exercer partout, lui ai-je dit. J'écris des livres.

De nouveau, son sourire poli, sa voix distante :

— Ah oui ?... C'est un métier très intéressant... J'aimerais beaucoup lire vos livres...

— Je crains qu'ils vous ennuient...

— Mais non... Il faudra me les apporter un jour que vous reviendrez chez Darius...

— Avec plaisir.

Caisley avait posé son regard sur moi. Il se demandait sans doute qui j'étais et pourquoi je parlais avec sa femme. Il est venu vers elle et lui a entouré les épaules de son bras. Ses yeux bleus à fleur de tête ne me quittaient pas.

— Monsieur est un ami de Darius et il écrit des livres.

J'aurais dû me présenter, mais j'éprouve toujours une gêne à dire mon nom.

— Je ne savais pas que Darius avait des amis écrivains.

Il me souriait. Il avait une dizaine d'années de plus que nous. Où avait-elle bien pu le rencontrer ? À Londres, peut-être. Oui, elle était certainement restée à Londres après que nous nous étions perdus de vue.

— Il croyait que toi aussi tu écrivais, a-t-elle dit.

Caisley a été secoué d'un grand rire. Puis il a

repris son attitude de tout à l'heure : le buste raide, la tête droite.

— Vraiment, vous avez cru ça ? Vous trouvez que j'ai une tête d'écrivain ?

Je ne m'étais pas posé la question. J'étais indifférent au métier que pouvait exercer ce Caisley. J'avais beau me dire qu'il était son mari, il ne se distinguait pas de tous ces gens réunis sur cette terrasse. Nous étions égarés, elle et moi, parmi des figurants, sur un plateau de cinéma. Elle faisait semblant de savoir son rôle, mais moi je ne parvenais même pas à donner le change. On allait bientôt s'apercevoir que j'étais un intrus. Je restais muet, et Caisley me dévisageait. Il fallait à tout prix que je trouve une réplique :

— Je vous confondais avec un écrivain américain qui habite l'Espagne... William Mc Givern...

Voilà, j'avais gagné un peu de temps. Mais cela ne suffisait pas. Il était urgent que je trouve encore d'autres répliques et que je les prononce avec naturel et désinvolture pour ne pas attirer l'attention. La tête me tournait. Je craignais d'éprouver un malaise. Je transpirais. La nuit me semblait étouffante, à moins que ce ne fût la lumière crue des projecteurs, le brouhaha des conversations, les rires.

— Vous connaissez l'Espagne ? m'a demandé Caisley.

Elle avait allumé une autre cigarette et me

considérait toujours de son regard froid. J'ai articulé avec peine :

— Non. Pas du tout.

— Nous avons une maison à Majorque où nous passons plus de trois mois de l'année.

Et la conversation allait se poursuivre pendant des heures sur cette terrasse. Des mots vides, des phrases creuses, comme si, elle et moi, nous nous survivions à nous-mêmes et que nous ne pouvions même plus faire la moindre allusion au passé. Elle était très à l'aise dans ce rôle. Et je ne lui en voulais pas : moi aussi, j'avais à peu près oublié tout de ma vie, au fur et à mesure, et chaque fois que des pans entiers de celle-ci étaient tombés en poussière, j'éprouvais une sensation agréable de légèreté.

— Et quelle est la période de l'année que vous préférez à Majorque ? ai-je demandé à Caisley.

Maintenant, je me sentais mieux, l'air était plus frais, les convives autour de nous moins bruyants et très douce la voix de la chanteuse.

Caisley a haussé les épaules.

— Toutes les saisons ont leur charme à Majorque.

Je me suis tourné vers elle :

— Vous aussi, vous pensez la même chose ?

— Je pense exactement la même chose que mon mari.

Alors, comme un vertige qui me prenait, je lui ai dit :

— C'est drôle. Vous ne toussez plus quand vous fumez.

Caisley n'avait pas entendu mes paroles. Quelqu'un lui avait tapé dans le dos et il s'était retourné. Elle a froncé les sourcils.

— Plus besoin de prendre de l'éther pour vous arrêter de tousser...

J'avais prononcé cette phrase sur le ton de la conversation mondaine. Elle m'a jeté un regard étonné. Mais elle n'avait pas perdu son sang-froid. Caisley, lui, s'entretenait avec son voisin.

— Je n'ai pas compris ce que vous me disiez...

Maintenant, son regard n'exprimait plus rien, et il évitait le mien. J'ai secoué vivement la tête, pour avoir l'air de quelqu'un qui se réveille en sursaut.

— Excusez-moi... Je pensais au livre que j'écris en ce moment...

— C'est un roman policier ? m'a-t-elle demandé d'une voix calme.

— Pas tout à fait.

Cela n'avait servi à rien. La surface était restée lisse. Des eaux dormantes. Ou plutôt, une couche épaisse de banquise qu'il était impossible de percer après quinze ans.

— On rentre ? a dit Caisley.

De son bras, il lui entourait les épaules. Il avait

une silhouette massive et elle paraissait petite à côté de lui.

— Moi aussi, je vais rentrer, ai-je dit.

— Il faudrait dire au revoir à Darius.

Nous l'avons cherché vainement parmi les groupes des convives, sur la terrasse. Puis nous sommes descendus au salon. Tout au fond, quatre personnes étaient assises autour d'une table et jouaient aux cartes dans le silence. Darius était parmi elles.

— Décidément, a dit Caisley, le poker est plus fort que tout...

Il a serré la main de Darius. Celui-ci s'est levé et a baisé sa main, à elle. J'ai serré la main de Darius à mon tour.

— Revenez quand vous voulez, m'a-t-il dit. La maison vous est ouverte.

Sur le palier, je me préparais à prendre l'ascenseur.

— Nous allons vous quitter là, a dit Caisley. Nous habitons juste au-dessous.

— Cet après-midi, j'ai oublié mon sac à main dans la voiture, lui a-t-elle dit. Je reviens tout de suite.

— Eh bien, au revoir, m'a dit Caisley, avec un signe nonchalant du bras. Et ravi d'avoir fait votre connaissance.

Il a descendu les escaliers. J'ai entendu claquer une porte. Nous étions tous les deux dans l'ascenseur. Elle a levé son visage vers moi :

172

— Ma voiture est un peu plus loin, près du square...

— Je sais, lui ai-je dit.

Elle me regardait, les yeux grands ouverts.

— Pourquoi? Vous m'espionnez?

— Je vous ai vue par hasard cet après-midi sortir de votre voiture.

L'ascenseur s'est arrêté, les deux battants se sont ouverts en glissant, mais elle ne bougeait pas. Elle me considérait toujours de ses yeux légèrement écarquillés.

— Tu n'as pas tellement changé, m'a-t-elle dit.

Les deux battants se sont refermés sur nous dans un bruit métallique. Elle a baissé la tête comme si elle voulait se protéger de la lumière qui tombait du globe de l'ascenseur.

— Et moi, tu trouves que j'ai changé?

Elle n'avait plus la même voix que tout à l'heure, sur la terrasse, mais celle, un peu rauque, un peu enrouée, d'autrefois.

— Non... À part les cheveux et le prénom...

L'avenue était silencieuse. On entendait le bruissement des arbres.

— Tu connais le quartier? m'a-t-elle demandé.

— Oui.

Je n'en étais plus très sûr. Maintenant qu'elle marchait à côté de moi, j'avais l'impression que je venais dans cette avenue pour la première fois. Mais je ne rêvais pas. La voiture était toujours là, sous les arbres. Je la lui ai désignée du bras :

— J'ai loué cette voiture... Et je sais à peine conduire...

— Ça ne m'étonne pas...

Elle m'avait pris le bras. Elle s'est arrêtée et m'a lancé un sourire :

— Tu dois confondre le frein avec l'accélérateur, tel que je te connais...

Moi aussi, j'avais le sentiment de bien la connaître, même si je ne l'avais pas revue depuis quinze ans et si je ne savais rien de sa vie. De toutes les personnes que j'avais croisées jusqu'à maintenant, c'était elle qui était restée la plus présente dans mon esprit. À mesure que nous marchions, son bras autour du mien, je finissais par me persuader que nous nous étions quittés la veille.

Nous avons rejoint le square.

— Je crois que ce serait plus prudent si je conduisais pour te ramener chez toi...

— Je veux bien, mais ton mari va t'attendre...

À peine avais-je prononcé cette phrase qu'il m'a semblé qu'elle sonnait faux.

— Non... Il doit déjà dormir.

Nous étions assis l'un à côté de l'autre dans la voiture.

— Tu habites où ?

— Pas très loin. Dans un hôtel, du côté du quai de Passy.

Elle a pris le boulevard Suchet dans la direction de la porte Maillot. Ce n'était pas du tout le chemin.

— Si nous nous revoyons tous les quinze ans, m'a-t-elle dit, la prochaine fois, tu risques de ne plus me reconnaître.

Quel âge aurions-nous, à ce moment-là? Cinquante ans. Et cela m'a paru si étrange que je n'ai pu m'empêcher de murmurer :

— Cinquante...

pour essayer de trouver à ce chiffre une ombre de réalité.

Elle conduisait, le buste un peu raide, la tête droite, et elle ralentissait aux carrefours. Tout était silencieux autour de nous. Sauf les arbres qui bruissaient.

Nous entrions dans le bois de Boulogne. Elle a arrêté la voiture sous les arbres, près des guichets d'où part le petit train qui fait la navette entre la porte Maillot et le jardin d'Acclimatation. Nous étions dans l'ombre, au bord de l'allée, et devant nous les lampadaires éclairaient d'une lumière blanche cette gare en miniature, le quai désert, les minuscules wagons à l'arrêt.

Elle a rapproché son visage et m'a effleuré la joue de sa main, comme pour s'assurer que j'étais bien là, vivant, à côté d'elle.

— C'était bizarre, tout à l'heure, m'a-t-elle

dit, quand je suis entrée et que je t'ai vu dans le salon...

J'ai senti ses lèvres sur mon cou. Je lui ai caressé les cheveux. Ils n'étaient plus aussi longs qu'autrefois mais rien n'avait vraiment changé. Le temps s'était arrêté. Ou plutôt, il était revenu à l'heure que marquaient les aiguilles de l'horloge du café Dante, le soir où nous nous étions retrouvés là-bas, juste avant la fermeture.

Le lendemain après-midi, je suis venu rechercher la voiture que j'avais laissée devant l'immeuble des Caisley. Au moment où je m'asseyais au volant, j'ai vu Darius qui marchait sur le trottoir de l'avenue, en plein soleil. Il portait un short beige, un polo rouge et des lunettes noires. Je lui ai fait un signe du bras. Il ne paraissait pas du tout étonné que je sois là.

— Quelle chaleur... Vous ne voulez pas monter boire un verre ?

J'ai décliné l'invitation en prétextant un rendez-vous.

— Tout le monde me fait faux bond... Les Caisley sont partis ce matin à Majorque... Ils ont raison... C'est idiot de rester au mois d'août à Paris...

Hier, elle m'avait dit qu'elle ne partait que la semaine prochaine. Encore une fois elle m'avait faussé compagnie. Je m'y attendais.

Il s'est penché vers la portière :

— Venez quand même un de ces soirs... On a besoin de se serrer les coudes au mois d'août...

Malgré son sourire, je devinais chez lui une vague inquiétude. Au son de sa voix.

— Je viendrai, lui ai-je dit.

— Sans faute ?

— Sans faute.

J'ai démarré, mais j'ai fait une trop brutale marche arrière. La voiture a embouti le tronc de l'un des platanes. Darius a écarté les bras d'un geste navré.

J'ai pris la direction de la porte d'Auteuil. Je comptais revenir à l'hôtel par les quais de la Seine. La carrosserie, à l'arrière, devait être assez endommagée, et l'un des pneus frottait sur elle. J'allais le plus lentement possible.

J'ai commencé à éprouver une drôle de sensation, sans doute à cause des trottoirs déserts, de la brume de chaleur et du silence autour de moi. À mesure que je descendais le boulevard Murat, mon malaise se précisait. J'avais enfin découvert le quartier où je me promenais souvent, dans mes rêves, avec Jacqueline. Pourtant, nous n'avions jamais marché ensemble par ici, ou alors c'était au cours d'une autre vie. Mon cœur a battu plus fort, comme un pendule à l'approche d'un champ magnétique, avant de déboucher place de la Porte-de-Saint-Cloud. J'ai reconnu les fontaines, au milieu de la place. J'étais sûr que d'habitude Jacqueline et moi nous suivions une rue à droite, derrière l'église, mais je ne l'ai pas retrouvée, cet après-midi-là.

Quinze années ont encore passé dans un tel brouillard qu'elles se confondent les unes avec les autres, et je n'ai plus eu de nouvelles de Thérèse Caisley. Le numéro de téléphone qu'elle m'avait donné ne répondait pas, comme si les Caisley n'étaient jamais revenus de Majorque.

Depuis l'année dernière peut-être est-elle morte. Peut-être la retrouverais-je un dimanche prochain, du côté de la rue Corvisart.

Il est onze heures du soir, en août, et le train a ralenti en traversant les premières gares de la banlieue. Des quais déserts sous la lumière mauve du néon, là où l'on rêvait de départs pour Majorque et de martingales autour du cinq neutre.

Brunoy. Montgeron. Athis-Mons. Jacqueline est née par ici.

Le bruit cadencé des wagons s'est tu et le train s'est arrêté un instant à Villeneuve-Saint-

Georges, avant la gare de triage. Les façades de la rue de Paris, qui borde la voie ferrée, sont obscures et délabrées. Autrefois se succédaient, tout le long, des cafés, des cinémas, des garages dont on distingue encore les enseignes. L'une d'entre elles est allumée comme une veilleuse, pour rien.

DU MÊME AUTEUR

COLLECTION FOLIO

Composition Bussière
et impression Bussière Camedan Imprimeries
à Saint-Amand (Cher), le 25 septembre 1997.
Dépôt légal : septembre 1997.
Numéro d'imprimeur : 1510-1/1942.
ISBN 2-07-040299-1./Imprimé en France.